Bruderfeindschaft

Western

Holger H. Haack

Holger H. Haack

Bruderfeindschaft

Western

Bibliografische Information der Deutschen
Nationalbibliothek:
Die Deutsche Nationalbibliothek verzeichnet diese
Publikation in der Deutschen Nationalbibliografie;
detaillierte bibliografische Daten sind im Internet über
http://dnb.dnb.de abrufbar.

Herstellung und Verlag: BoD – Books on Demand,
Norderstedt

ISBN: 978-3-7526-3881-3

Bruderfeindschaft

Ann McCrea	Sie muss durchhalten.
Abraham Moses	Er steckt viel ein, teilt aber auch aus.
Ben Wynn	Er verliert und gewinnt.
Bruce Cabot	Hat alle Fäden in der Hand, denkt er.
Don Collier	Der Major ist völlig von der Rolle.
Emilio Fernandez	Er will sein altes Leben zurück.
Frank McGrath	Hat auch er alle Fäden in der Hand?
Laremy und Noah	Sie lernen nicht dazu.
Morgan Wynn	Alles kommt anders als erwartet.

Ben sieht die fünf Reiter kommen. Sie reiten auf ihn zu. Er zügelt sein Pferd und bleibt unter einem Baum im Schatten stehen. Die Gruppe will ganz offensichtlich zu ihm. Er kneift die Augen zusammen und betrachtet sie, versucht sie einzuschätzen.

Es sind höchstwahrscheinlich kleinere Farmer und der eine könnte ein Rancher oder Pferdezüchter sein. Alle fünf haben ein Gewehr in der Hand, anscheinend sind sie auf der Jagd oder sie sind es gewesen. Er fragt sich, was sie für ein Interesse an ihm haben könnten. Vielleicht brauchen sie eine Information oder wollen ihm eine geben. Obwohl ihn sein Instinkt warnt, eine Gefahr sieht er in den fünf Männern nicht, es sind auf jeden Fall keine Banditen.

Sie haben ihn erreicht und umkreisen ihn. „Ein schönes Pferd haben sie da!", ruft der Mann, der wohl ein Rancher ist. Ben will gerade antworten und fühlt nur noch einen fürchterlichen Schlag und fällt in ein schwarzes Loch.

7

Als Ben wieder zu sich kommt, dauert es ein paar Sekunden bis er wieder Herr über seine Gedanken ist und sich an das Geschehen erinnert. Rechts und links von ihm steht je ein Reiter, sodass er nicht vom Pferd fallen konnte. Ben will nach seinem Kopf greifen, aber seine Hände gehorchen ihm nicht, bis er begreift, dass sie gefesselt sind. Sein Hals kratzt. Er bemerkt nun den Strick um seinen Hals. Die fünf Männer starren ihn hartäugig an.

„Lass ihn erst einmal zu sich kommen, damit er auch weiß warum er aufgehängt wird", knurrt einer der Männer.

Ben ist sich nun seiner Lage bewusst, seine Intuition war also doch richtig, aber er hatte nicht auf sie gehört. Das wird ihm nicht noch einmal passieren, schwört er sich.

Ihm wird klar, sie werden ihm nicht zuhören, wenn er versucht zu reden, in seinem Kopf wird das Dröhnen weniger. Seine Stimme krächzt, als er bittet: „Einen Wunsch können Sie mir noch erfüllen. Geben Sie mir noch eine von meinen Zigaretten. Sie finden sie in meiner oberen Hemdtasche. Die Männer stehen um ihn herum und schweigen. Das Seil schnürt an seinem Hals. Die Sonne brennt im Zenit. Sein Pferd steht ruhig unter ihm, noch…

„Okay", sagt einer der Männer: „Was soll's, geben wir ihm noch eine Zigarette. Das wird seine letzte sein…"

Der Mann links von ihm auf dem Pferd greift in die Hemdtasche von Ben und holt etwas hervor. Er guckt es sich an und knurrt.

„Freunde, das sind keine Zigaretten, das sind ein Sheriffstern und ein Steckbrief über den Kerl den wir hier gerade hängen wollen. Guckt es euch mal an."

Die Männer drängen sich um den Sprecher. „Ich glaube wir hängen gerade einen Sheriff auf. Warum haben Sie uns nichts gesagt, Fremder?"

„Hätten Sie mir denn zugehört?" Immer noch ist da der Strick und die geringste Störung oder wenn sein Appaloosa sich nur um einen Meter bewegen würde, wird ihm der Hals zugeschnürt.

„Sie sehen, ich bin Sheriff und ich bin auf der Jagd nach einem Banditen, also schneiden Sie mich los und lassen Sie mich meinen Job machen!"

„Ich bin mir nicht sicher ob der wirklich ein Sheriff ist, guck ihn dir doch an. Er sieht genau aus wie der Mann den wir suchen. Er kann uns viel erzählen."

Es ist ein alter Mann, der da spricht und er sieht sehr skeptisch aus. „Hängen wir ihn einfach auf und dann sehen wir schon ob die Überfälle aufhören."

Der Mann mit dem breiten Ledergürtel, der ihn als Schmied ausweist, dirigiert sein Pferd an den Gefangenen und schneidet das Lasso um seinen Hals durch.

„Wenn er ein Sheriff ist und der Stern beweist es, dann kann es sehr viele Probleme geben und die möchte ich nicht haben. Sie werden ihn suchen, und dann haben *wir* das Problem. Also lassen wir ihn sprechen und sagen wer er ist."

Der Mann ist hartäugig und groß. Er steckt das Messer wieder ein. Nur die Hände ihres Gefangenen sind immer noch gefesselt.

„Also sag, was du zu sagen hast und dann sehen wir mit dir weiter!"

Immer noch hängt ihm das durchschnittene Lasso am Hals, der Strick ist nach hinten unten gefallen und der Knoten sitzt nun direkt vor seinem Kehlkopf und er muss aufpassen, dass ihn der Knoten an seiner Kehle nicht würgt, während er redet. Seine Stimme ist immer noch rau, als er erklärt: „Sie sehen, ich bin auf der Jagd nach Morgan Wynn. Er ist mein Zwillingsbruder. Sehen sie mich genau an."

Er schiebt mit den gebundenen Händen den Hut in den Nacken.

„Sehen Sie sich die Narbe an, die ich am Kopf habe, wenn ich der Gesuchte wäre, dann wäre das auf dem Steckbrief vermerkt. Also bin ich nicht der Gesuchte".

An seiner rechten Seite ist eine Narbe wie ein Scheitel.

„Also gucken Sie genau hin und dann entscheiden Sie. Aber seien Sie weise. Ich kann Ihnen helfen. Noch etwas, Sie können mich immer an dieser Narbe erkennen. Man wird Sie nicht täuschen können!" Mein Gott, denkt Ben, was würde McGrath, sein momentaner Chef tun, wenn er hier gehenkt wird? Er mag überhaupt nicht daran denken und konzentriert sich wieder auf die Männer.

Der Steckbrief geht von Hand zu Hand. Die fünf Männer sehen ihn sich sehr genau an. Der Anführer sitzt auf seinem Pferd und nimmt nun das Papier an und liest es.

„Also gut, Männer. Er ist ein Sheriff. Er wird ja nicht seinen eigenen Steckbrief mit sich tragen." Er macht eine Geste die andeutet, dass man mit den Pferden zur Seite rückt.

„Eine Frage habe ich noch. Warum haben sie uns nicht gesagt, dass sie Sheriff sind?"

„Nun, zuerst einmal haben Sie mir keine Chance gelassen, und hätten Sie mir zugehört? Sie hätten mir nicht zugehört! Hätten Sie mir geglaubt? Sie waren alle so erpicht mich aufzuhängen, Sie hätten mich nicht zu Wort kommen lassen."

Seine Handfesseln werden nun durchgeschnitten. Er massiert sich die Handgelenke. Die Fesseln waren sehr fest, denn man wollte ihn ja hängen. Was macht da schon eine zu feste Fessel aus. Er nimmt den Strick um seinen Hals ab und lässt sie auf den Boden fallen.

Einer der Männer wirft ihm seinen Revolver zu. Der Sheriff fängt ihn geschickt auf und steckt ihn in seinen Revolverholster. Dann fragt er: „Nun, Sie können mir helfen. Wo haben Sie den Dieb zuletzt gesehen, was hat er verbrochen. Sie sollten mir alles sagen, je besser Sie mich informieren, desto besser kann ich ihn suchen."

Er schiebt wieder seinen Hut nach vorne. Die Sonne brennt. Es ist heiß, der leichte Wind treibt den Staub vor sich hin und alle haben Staub im Gesicht. Die Männer sehen ihn immer noch abweisend an. Der alte Mann spuckt seinen Priem aus und knurrt.

„Erzählen wir es ihm, dann kann er weiter suchen und wir können nach Hause. Mein Geschäft wartet auf mich und er wird dafür bezahlt. Also los, erzähl ihm von deiner Ranch und deiner Frau und deinen Pferden".

Da bricht es aus einem der Männer heraus: „Dieses Schwein. Er hat meinen besten Deckhengst gestohlen, einen Appaloosa. Er hat meine Frau und Kinder gefesselt und alles andere will ich ihnen gar nicht erzählen. Mein Stallknecht ist tot. Ich werde diesen Mistkerl in Stücke schießen!"

Der Mann läuft vor Wut rot an und schlägt mit seinen Hut auf den Sattel. Seine Zähne knirschen. „Und wenn Sie ihn nicht finden, ich finde ihn, wir haben auch Sie gefunden. Ich ziehe ihm die Haut ab. Der wird sich wünschen, nie in diese Gegend gekommen zu sein."

Der Mann holt tief Luft, denn er hat so lange wütend geredet bis er keine Luft mehr hatte. Dann fährt er fort: „Ich höre und sehe, Sie sind auch Texaner, und Sie wissen wie ich, was wir Texaner mit Männern machen, die sich nicht ehrenhaft gegenüber Frauen verhalten, auch wenn wir hier in Idaho sind. Sie haben gerade noch einmal Glück gehabt. Wir werden uns nicht entschuldigen. Wir verlangen von Ihnen, dass Sie ihn fangen und zwar schnell. Wie heißen Sie überhaupt?"

Wieder holt er Luft.

„Mein Name ist Ben Wynn. Wann war der Überfall und wo liegt Ihre Ranch. Ich kann nur helfen, wenn Sie mir sagen wo und wann es war. Also los, wir verschwenden Zeit."

Er lässt sein Pferd einen Schritt vorwärts gehen um näher an den Mann heran zu kommen: „Sind Sie gut im Schießen? Sie tragen ihren Colt ziemlich hoch. Können Sie es mit einem

Gunman aufnehmen, können sie es? Sie haben nicht die geringste Chance gegen meinen Bruder. Wir sind uns sehr ähnlich, aber auf verschiedenen Seiten."

Die Reiter neben ihm haben sich wieder zu den anderen dreien gesellt.

Auf einmal hat der Sheriff den Revolver in der Hand, niemand hat ihn ziehen sehen. Die Kleinrancher, Kaufleute und der Pferdezüchter sehen in die Mündung.

„Können Sie das? Sie haben nicht mal reagiert, wäre es jetzt mein Bruder, der hier bei ihnen ist, wären Sie alle tot. Glauben Sie nicht, dass Sie ihn fangen könnten, nur weil Sie mich gefangen haben. Er hätte Sie sofort erschossen und nicht gefragt. Also wo ist ihre Ranch und wie lange ist es her. Reden Sie schon!"

Obwohl die fünf Männer alle ihre Winchestergewehre in der Hand halten, schrecken sie zurück.

„Verdammt, lassen Sie das. Meine Ranch liegt ca. fünf Meilen von hier im Westen am Snake River und es war heute am Vormittag. Ich war in der Stadt und habe Einkäufe gemacht!"

„Hat Ihnen Ihre Frau gesagt, dass er in Richtung Nordosten geflohen ist? Konnte sie das sehen?"

„Ja, er hat meine Frau am Brunnen festgebunden, wenn ich sie nicht gefunden hätte, hätte sie einen Hitzschlag erlitten oder noch schlimmer. Das Schwein. Außerdem hat sie per Zufall, als er sein Pferd absattelte, eine Wegekarte gesehen, auf der Bozeman eingezeichnet war. Meine Frau kennt auch den Weg."

„Ist er nur mit Ihrem Pferd weggeritten? Wie sieht Ihr Appaloosa aus?"

„Er ist nach Osten geritten, sonst wären wir ja nicht hier. Richtung Snake River Plain. Mein Zuchthengst ist ein Appaloosa genauso wie Ihr Pferd. Es hat schwarze Flecken auf der Seite und nicht dunkelbraune wie Ihr Pferd. Wäre Ihr Pferd nicht so ähnlich, hätten wir Sie gar nicht aufgebracht."

„Wenn das Pferd ein Appaloosa ist, wie konnten Sie glauben ihn einzuholen mit diesen Pferden?"

„Wir glauben, dass er nicht mit einer sofortigen Verfolgung gerechnet hat!"

„Was ist ihm sonst noch in die Hände gefallen?"

„Mein ganzes Geld, etwa tausend Dollar."

„Wie, Sie hatten tausend Dollar im Haus?" Ben sieht ihn erstaunt an.

„Ja, ich hatte gerade gestern meine Pferde an die Armee verkauft. Vierzig gute Pferde. Deshalb war ich auch heute ganz früh in der Stadt um einzukaufen."

„Sonst noch irgendetwas?"

„Nein, er hat sein eigenes komplettes Sattelzeug genommen."

„Geben Sie mir Ihren Namen und den Namen Ihrer Ranch, sollte ich das Geld zurückbekommen, werde ich es Ihnen zusenden. Also wie ist Ihr Name?"

„Mein Name ist Chuck Morgan von der Snake-River-Ranch, viel Glück Mister Sheriff. Sollten Sie Ihren Bruder bekommen, bringen Sie ihn so schnell wie möglich weit weg, hier wird es sehr gefährlich für ihn! So long."

Damit zieht Chuck Morgan sein Pferd herum und reitet davon, die anderen Reiter folgen ihm. Auch Ben Wynn zieht sein Pferd wieder in Richtung Osten und gibt ihm die Zügel frei, das Pferd trottet los. Viele Gedanken gehen ihm durch den Kopf. Wenn sein Bruder in Richtung Snake-River-Plain geritten ist, ist das auch die Richtung Yellow Stone, Big Horn Mountains, Black Hills. Von dort aus dann in den Osten nach Chicago und den anderen großen Städten im Osten. Ja, so etwas würde er seinem Bruder zutrauen, so kann man seine Spur verwischen. Das wären rund tausend Meilen. Fast am anderen Ende der Welt. Aber nur wegen eines Pferdes und tausend Dollar würde er das nicht machen. Er floh vor ihm, Ben, und dem Mord den man ihm in der Stadt Boise zur Last legt und nun wieder ein Mord den er an dem Stallknecht begangen hat.

Nun gut, sein Bruder war schon immer eine Plage. Schon in der Kindheit in der Schule ist er ein dauerndes Ärgernis gewesen. Immer hatte er sich etwas ausgedacht um ihn zu überlisten und zu demütigen. Schon als sie noch ganz kleine Kinder waren, sagte er einmal er dürfe im Haus mit den jungen Kätzchen spielen, die ihre Mutter für die Schwester mitgebracht hatte. Das stimmte aber nicht und dann hatte er ihn bei der Mutter verpetzt. So musste er fünfzehn Minuten, was für ihn damals eine verdammt lange Zeit war, in der Ecke stehen mit der Zipfelmütze auf dem Kopf für den Dümmsten.

Alle Mädchen hatten ihn später, als sein Bruder es erzählte, ausgelacht. Als er älter wurde, interessierte er sich für ein Mädchen. Er kletterte gut, was dem Mädchen imponierte. So war er eine Felswand heraufgeklettert, und als das Mädchen nicht hinsah, hatte sein Bruder ihm von oben einen Stein auf den Kopf fallen lasse, dadurch stürzte er ab. Sein Bruder ging dann lachend mit dem Mädchen davon. Das Mädchen wurde später schwanger von Morgan und er hat es mit Rattengift umgebracht, nur konnte es keiner beweisen. Sein Bruder hatte es ihm vorher gesagt und ihn ausgelacht, weil er es nicht verhindern könnte. Er hatte sie nicht einmal umgebracht, weil er sie loswerden wollte. Er wollte nur beweisen, dass er es kann. Schon damals hatte er Moral immer für Unsinn gehalten und war der Meinung, jeder könnte machen was er wollte. Er war aufgeklärt und brauchte keine Moral. Moral war alles dummes Gerede für dumme oder für schwache Menschen. Er war intelligent und hat sich damals schon Literatur über Gesetze und Rechtswesen besorgt und gelesen und wusste dann immer wie er sich rausreden konnte.

Es hat Monate gedauert bis er von dem Sturz wieder genesen war. Seit dem hatte er die Narbe am Kopf. Immer wieder musste er die Taten seines Bruders ausbaden. Selbst seine Eltern hatten seinem Bruder geglaubt und ihn, Ben für unbelehrbar gehalten. Ständig musste er die Kämpfe bestreiten, die eigentlich sein Bruder verursacht hatte. Aber er war dadurch zäh und hart und Kampferprobt und teilweise auch sprachgewandt geworden.

Später dann hat ihm die Narbe das Leben gerettet. Sein Bruder hatte einen Geldboten eines Ranchers überfallen, das Pferd und das Geld gestohlen. Natürlich hatte sein Bruder wieder ihn angezeigt, aber der Bote konnte noch für ihn aussagen, nämlich, dass der Bandit der ihn überfiel, keine Narbe am Kopf hatte, sonst hätte man ihn gehängt. Sein Bruder konnte sich nicht mehr herausreden und floh. So wurde dann seit damals sein Bruder gesucht.

Von da an waren die Fronten geklärt und er hatte sich den Texasrangern angeschlossen. Nun waren sie auf verschiedenen Seiten. Sein Bruder hatte Karriere gemacht und war ein gesuchter Bandit und Räuber geworden, gefährlich wie eine Klapperschlange, einfach weil er keine Moral, keine Skrupel hatte. Er fühlte sich grundsätzlich immer im Recht.

Seine Bande war bei dem Überfall der Bank in Boise getötet oder gefangen worden. Nur er war wieder entkommen mit einem Teil der geraubten Gelder. Aber nur so viel, dass ihn das Geld nicht behinderte. Ungefähr einhunderttausend Dollar in großen Scheinen. Die kleinen Scheine hatte er einfach weggeworfen.

Aber auch er, Ben hatte sich weiterentwickelt und nun hatte man ihn nach Idaho gesandt, er sollte seinen Bruder jagen, weil er ihn am besten kannte. Er wusste, sein Bruder war clever, konnte absolut sympathisch sein und hatte einen Schlag bei den Frauen. Er war intelligent, unterhaltsam, aber völlig unberechenbar und gefährlich wie eine gereizte Klapperschlange. Dazu hatte er exzellente Reaktionen und war wahnsinnig schnell mit dem Colt.

Nun war sein Bruder sein Job geworden, es war wie ein Ritt in die Vergangenheit. Alles stand wieder auf, was schon längst vergessen schien. Seit er in dieser Gegend war, musste er wieder mit allem rechnen. Er fragte sich, warum Morgan das Geld des Ranchers genommen hatte, er brauchte es doch gar nicht. Wahrscheinlich einfach nur so, vielleicht hatte er auch das schon wieder weggeworfen oder einfach in die Satteltasche gestopft.

Das Hauptquartier in Boise hatte ihn, Ben, aus Texas angefordert, er war mit dem Zug angereist mit seinem Pferd im Gepäckwagon. Seit er in Boise eintraf, sind sechs Tage vergangen. Jetzt ist es gut fünf Tage her, seit er hinter seinem Bruder her reitet. Einen Tag hat es gedauert nach der Vernehmung der Bankräuber, bis er losreiten konnte. Einen weiteren Tag bis er den Pferderancher Chuck Morgan getroffen hat. Sechs Tage brauchte er bis hier her.

Noch etwas geht ihm durch den Kopf, sein Instinkt hatte ihn vor den Reitern eben gewarnt, aber sein Kopf hatte ihm gesagt sie sind ungefährlich. Ein weiteres Mal sagt er sich, von jetzt an wird er sich mehr auf seinen Instinkt verlassen müssen.

Er reißt sich aus den Gedanken. Es wird Zeit, dass er wieder nach vorne denkt. Er muss sich auf seine Aufgabe konzentrieren und die Vergangenheit ruhen lassen.

Als es Abend wird, die Sonne beginnt schon hinter den Bergen zu versinken, kommt er an den Fluss 'Snake-River'. Diesem Fluss wird er folgen, denn der Fluss verläuft zwar erst etwas nach Südosten, weiter nach Osten, dann nach Nordosten und Norden.

Er beschließt am Ufer zu übernachten und am nächsten Morgen in das Städtchen Hope auf der anderen Seite des Flusses zu reiten. Er braucht für die Jagd auf seinen Bruder Verpflegung und der nächste Ort ist weit. Auch braucht er Munition. Eigentlich braucht er so ziemlich alles, auch mal wieder ein weiches Bett. Als er am Ufer des Snake River ankommt, warnt ihn seine Intuition. Dieses Mal will er auf seine Intuition hören und beschließt hier am Ufer des Snake River zu übernachten. Er richtet sein Nachtlager etwas entfernt vom Ufer unter Bäumen ein und ist mit dem Colt in der Hand unter der Decke am Feuer sofort eingeschlafen.

In der Hauptstadt Boise im Hauptquartier der Polizeibehörde: „Wie kommen Sie darauf?" Leutnant Robert Walker fragt seinen Kollegen.

„Ich habe gehört wie der Major, er heiß Collier, aus Washington sagte: Er käme von der Kontrollbehörde. Dann wollte er sofort zu Captain Frank McGrath gehen."

„Warum kommt so ein Major aus Washington um uns hier in Boise zu überprüfen, was ist hier los?"

Die Ordonanz tritt auf Walker zu und salutiert: „Leutnant Walker kommen Sie sofort zum Captain." Wieder grüßt die Ordonanz, dreht sich auf dem Hacken um und geht. Auch Leutnant Walker grüßt. „Wir reden später weiter, bis dann."

Auch Walker dreht sich um, geht zum Büro des Captain's und klopft an.

„Kommen Sie rein."

McGrath sitzt an seinem Schreibtisch in einem schweren Sessel. Hinter ihm an der Wand hängt eine Karte von Idaho mit Teilen von Montana und Wyoming. Sie nimmt die ganze Wand ein. Zigarrenqualm hängt in der Luft. Auf dem schweren Schreibtisch steht eine Petroleumlampe mit grünem Glaslampenschirm. Stapel von Dossiers türmen sich auf dem Schreibtisch und lehnen sich dagegen. Davor ein Set mit Schreibfeder, Tintenfass und Löschpapierroller. Vor dem Schreibtisch des Captain's liegt ein großer runder Teppich, darauf stehen zwei ebenso schweren Ledersessel. In einem sitzt der Major. Auf seinem Schoß liegt sein Diensthut, in seiner rechten Hand hält er seine Handschuhe. In der Luft liegt Spannung. Beide sehen ihn an.

„Leutnant Walker meldet sich zur Stelle."

Der Major befiehlt: "Rühren! Stehen Sie bequem Leutnant. Dann nehmen Sie sich einen Sessel und setzen sich zu uns."

Der Major wartet bis sich Walker gesetzt hat. Dann spricht er weiter: „Ich bin Major Collier aus Washington. Sie sind hier der Dienstälteste Leutnant. Sie werden bis auf weiteres den Posten von Captain McGrath übernehmen. Es kamen bei uns Beschwerden an, dass hier bei der Bezirkspolizeiverwaltung des Bundesstaates Idaho, vornehmlich hier in der Hauptstadt Boise, Unregelmäßigkeiten vorgekommen sind. Bis diese Vorwürfe geklärt sind, übernehmen Sie den Posten von Captain McGrath. Gibt es da ein Problem ihrerseits?" Die schneidende Stimme des Majors klirrt durch den Raum.

„Es gibt keine Probleme, Herr Major!"

„Gut, dann können wir ins Detail gehen. Sagt Ihnen der Name Howard Keel etwas?"

„Ja, wir sind mit diesem Fall vertraut, es handelt sich um einen Bankdirektor der Idaho States Bank hier in Boise. Wir haben bereits eine Untersuchungskommission gebildet. Captain McGrath leitet die Kommission. Außerdem wird der mutmaßliche Mörder bereits von einem unserer Mitarbeiter verfolgt, dabei handelt es sich um Captain Ben Wynn aus Texas. Er wurde angefordert, da er der erfahrenste ist, er wurde geschickt um den Täter zu finden und zu stellen. Außerdem…"

„Ja, ja das ist mir bekannt. Gerade weil es sich um Captain Ben Wynn handelt bin ich hier. Er ist der Bruder des mutmaßlichen Täters. Wie konnte es dazu kommen. Warum haben Sie als dienstältester Leutnant nicht Captain McGrath darauf hingewiesen. Jetzt muss ich McGrath vorerst entlassen. Es ist ein Unding das ein Sheriff seinen Bruder verhaften soll. Das klingt ja schon nach Vetternwirtschaft. Da wird ja wohl eine Verhaftung fast ausgeschlossen.

Außerdem soll, wie ich gerade von McGrath hörte, die Tatwaffe ein weittragendes Gewehr sein. So ein Unsinn. Es ist unerhört, was hier los ist. Ich werde heute noch zurückreisen. Heute oder morgen kommen dann mehrere Prüfer, die ihren Laden hier aufräumen werden. Ich verlange volle Unterstützung. Zuerst werden alle Werte und Guthaben von Captain McGrath untersucht. Sollten sich dort Ungereimtheiten zeigen, wird er suspendiert und vor ein Gericht gestellt. Sollten wir dort nichts finden, werden wir jeden weiteren Mitarbeiter unter die Lupe nehmen.

Sie persönlich sorgen mir dafür, dass Captain Ben Wynn sofort von seinem Auftrag entbunden wird und hier erscheint. Ich erwarte den Vollzug in spätestens einer Woche. Sollte bis dahin Captain Wynn nicht zur Verfügung stehen, werde ich einen Haftbefehl gegen ihn erwirken. Ich hoffe ich habe mich klar ausgedrückt."

Der Major macht eine Pause und sieht ihm scharf in die Augen: „Außerdem werden Sie, Leutnant Walker, dafür sorgen dass Captain McGrath seine persönlichen Sachen aus dem Schreibtisch und dem Büro entfernt und seine Dienstwaffe und seinen Stern abgibt. In zwei Stunden geht meine Kutsche vor dem Hotel Golddollar. Bis dahin erwarte ich von Ihnen persönlich den Vollzug darüber gehört zu haben. Das ist alles!

Bleiben Sie sitzen ich finde den Weg."

Major Collier schlägt mit seinen Handschuhen auf seinen Schenkel und erhebt sich. Dann setzt er seinen Hut auf und legt die Hand an die Krempe und grüßt. Captain McGrath und Leutnant Walker stehen auch schnell auf und legen die Hand an die Stirn und grüßen. Der Major öffnet die Tür und schreitet hinaus. Die Tür fällt ins Schloss.

Ben durchfurtet langsam den Snake River. Hier wo der Fluss eine große Schleife macht und der Buffalo Fork in den Snake River fließt, wird der Fluss breiter und das Wasser ist flach. Es reicht seinem Pferd nicht mal an den Bauch und er braucht nicht die Füße hochzunehmen. Er weiß, wenn er seinen Bruder finden will, braucht er nur dem Fluss folgen. Das Gebirgsmassiv des Grand Teton links liegen lassen bis zum Jackson Lake. Dann Yellowstone rechts liegen lassen und nach Norden bis Bozeman.

Ben treibt es vorwärts, denn er will seinen Bruder finden. Wenn da nicht dieses ungute Gefühl wäre. Hope liegt ungefähr zwei Meilen vom Fluss entfernt. Je näher er der Stadt kommt, desto mehr mahnt ihn seine Intuition. Ben erinnert sich an die Begegnung mit dem Pferderancher und nähert sich vorsichtig der Stadt. Er löst die Festhalteschlaufe vom Hammer seines Colts. Die Stadt ist klein, kaum mehr als hundert Häuser. Eng zusammengebaut. Er hört das typische Geräusch eines kleinen Dorfes. Das Hämmern des Schmiedes. Das Klingeln der Stores, wenn die Türen geöffnet werden. Das Bellen der Hunde, das Blöken von Schafen und das Muhen der Kühe. Hin und wieder grunzt ein Schwein das auf der Straße herum schnüffelt. Die Geräusche von fahrenden Planwagen, Einspännern und das Hufgeräusch der Pferde. Qualm hängt in der Luft von den Öfen der Häuser und der Wäscherei. Das Quietschen von Werbeschildern an den Häusern vom Barbier, Waffenschmied und anderen Geschäften. Ein Windrad rattert.

Er reitet langsam weiter und sieht den Store des Waffenschmieds. Zuerst einmal braucht er Munition für einen so langen Weg. Danach muss er zum Store Verpflegung und Ausrüstung kaufen. Er reitet zum Gunsmith, steigt vom Pferd, bindet es an die Querstange und betritt den Laden.

Seine Intuition schreit ihn fast an. Sofort tritt er im Laden neben die Tür. Er überblickt den Raum. Das Bimmeln der Eingangstür verstummt und der Ladenbesitzer kommt aus einem hinteren Raum in den Laden. Ein kleiner älterer Mann mit Halbglatze auf der die Schweißperlen zu sehen sind. Er trägt eine aufgeknöpfte Weste mit einer Taschenuhr und Ärmelschoner an den Handgelenken über dem weißen Hemd. Ein Lächeln ist in seinem Gesicht festgestanzt. Seine gierigen und hinterlistigen Augen sehen ihn an: „Ah, Mister Wynn, was kann ich für sie tun?"

Ben kann seine Überraschung kaum verbergen, als er mit seinem Namen angesprochen wird. Aber er fängt sich. Was für ein schmieriger Mann denkt er und bestellt: „Ich brauche 44iger Munition und zwar drei Schachteln. Außerdem brauche ich ein Paket Messingpatronen vom Kaliber 45-120-550."

„Aber natürlich, sofort Mister Wynn." Der Waffenschmied fischt ein Schlüsselbund aus seiner Tasche und schließt ein Fach hinter dem Verkaufstresen auf und legt die vier Schachteln auf den Tresen.

„Drei Pakete 44iger Munition und ein Paket Patronen für die Sharp, kann es sonst noch etwas sein. Wir haben ganz neue Bowiemesser bekommen…"

„Ja, zeigen Sie sie mir, ich kann sie mir ansehen."

Wieder fischt der Ladenbesitzer nach dem Schlüsselbund in seine Hosentasche und schließt eine Schublade auf. Er legt einige Messer in verschiedenen Größen auf den Tresen. Ben sucht sich ein Bowiemesser mit einer zehn Zoll langen Klinge aus.

„Was kostet das zusammen?"

„Aber Mister Wynn, Sie scherzen, ich weiß doch, das alles von Mister Cabot bezahlt wird. Ich bringe es Ihnen gerne raus zu Ihrem Pferd."

Ben nickt nur mit dem Kopf. Der Waffenschmied geht an ihm vorbei und vor ihm her. Seine Westenteile hängen rechts und links herunter. Ben tritt durch die Tür nach draußen, die Sonne steht noch nicht hoch und blendet leicht. Vor ihm stehen zwei Mann mit den Händen am Colt.

„Hey Morgan, wir sollen dich zum Chef bringen, tot oder lebendig. Das hat Mister Cabot ausdrücklich gesagt. Also, wie willst du es haben. Ich zähle bis drei, dann lässt du vorsichtig deinen Holster fallen. Wenn nicht, werden wir schießen. Also los eins, zwei, drei…"

Während der eine spricht, hat Ben seinen Kopf leicht gesenkt und seine Hutkrempe schützt vor dem Blenden der Morgensonne, er mustert die beiden sehr eingehend und weiß, die beiden schafft er spielend. Als die beiden Revolverschwinger zur Waffe greifen, trifft den einen schon die Kugel von Ben. Dieser hat die Waffe noch nicht ganz aus dem Holster. Den zweiten trifft seine Kugel, als der gerade den Revolver hochschwingt. Beide brechen zusammen und fallen übereinander. Ben steckt seine Waffe weg und dann trifft ihn ein gewaltiger Schlag, der Waffenschmied denkt er noch und dann versinkt er in tiefe Dunkelheit.

Leutnant Walker sieht seinen Captain an und fragt: „Was ist hier bloß los? So etwas habe ich überhaupt noch nicht erlebt."

„Wir werden später darüber reden, nur so viel, da der Major in zwei Stunden spätestens deinen Bericht erwartet, über den Vollzug seines Befehls. Ich werde dir alles übergeben, denn nun wird alles bei mir überprüft. Alles, mein Vermögen, meine Ranch oder vielmehr die Ranch meiner Frau, was der Major nicht weiß. Bis sie rausgefunden haben, dass es nichts zu finden gibt, werden wir alles tun wie sie es wollen. Meine Sorge gilt nur Ben Wynn. Wir werden das Herausgeben eines Steckbriefes vorerst nicht verhindern können. Ich hoffe nur, dass er, bis wir wieder Herr der

Situation sind, in der Wildnis verschwunden bleibt. Hier ist mein Dienstrevolver und mein Stern, bewahre beides gut auf. Ich werde mich ruhig verhalten aber ein wenig auf eigene Faust schnüffeln, denn das ist ja unser Beruf." Der Captain greift nach einer Klingel auf seinem Schreibtisch und klingelt. Sofort geht die Tür auf und die Ordonnanz erscheint.

„Sir?"

„Bringen Sie mir eine verschließbare Kiste, eventuell eine leere Waffenkiste. Jetzt gleich!"

„Ja, Sir sofort, Sir."

Die Ordonnanz eilt wieder heraus und kommt einige Minuten später mit einer Munitionskiste. „Wo soll ich sie hinstellen, Sir?"

„Stellen Sie sie auf meinen Schreibtisch."

„Sir?"

„Ja, nun machen Sie schon. Danke, ich brauche Sie nicht mehr."

Die Ordonnanz geht wieder hinaus und schließt die Tür leise hinter sich.

Captain Frank McGrath beginnt seinen Schreibtisch auszuräumen. Als letztes stellt er eine Flasche Whisky auf den Tisch.

„Einen kann ich jetzt gebrauchen. Sie auch Robert? Denn nun kann ich Ihnen nichts mehr befehlen. Vorerst! Also trinken Sie einen mit mir?"

„Natürlich Sir!"

Der Leutnant greift nach zwei Gläsern die auf einem kleinen Tisch am Fenster stehen, stellt sie auf den Schreibtisch des Captains. Der Captain öffnet die Flasche und gießt ein: „Das ist ein ganz besonderer Whisky, den ich mal für ganz besondere Gelegenheiten aufbewahrt habe."

Er schnauft durch die Nase: „Wenn das keine besondere Gelegenheit ist, dann weiß ich auch nicht… Prost, auf die Gerechtigkeit!"

„Prost Captain!"

„Hier sind die Schlüssel vom Büro und vom Schreibtisch und den Schränken. Ich werde nun nach Hause reiten. Wenn die Kollegen von der Prüfabteilung kommen, sagen Sie ihnen wo sie mich finden können. Nehmen Sie es ernst. Die Prüfer sind auch Kollegen und werden, wenn sie nichts finden, sich ihre eigenen Gedanken machen. Dabei werden wir sie dann nach besten Kräften unterstützen."

Der Captain kneift ein Auge zu.

„So long!" McGrath trinkt seinen Whisky aus, steht auf und geht aus dem Raum. Einen Moment später kommt die Ordonnanz in den Raum und holt die Kiste ab.

Walker nimmt ganz in Gedanken die Schlüssel an sich und steckt sie weg. Er greift in seine Westentasche und holt seine Taschenuhr heraus. Er hat noch eine halbe Stunde Zeit. Also wird er jetzt ins Hotel Golddollar fahren um dem Major Bericht zu erstatten. Er setzt seinen Hut auf, zieht seine Jacke an und geht aus dem Gebäude. Walker überquert die Straße und betritt das Hotel. Beim Clerk an der Rezeption fragt er nach dem Zimmer von Major Collier.

„Der Major ist auf seinem Zimmer im ersten Stock. Sie können es nicht übersehen. Es ist die Präsidentensuite".

„Danke!"

Walker tippt an den Hut und geht die breite Treppe des Hotels nach oben. Er muss erst einmal verdauen was er eben gehört hat. Die Präsidentensuite. Ist der Mann größenwahnsinnig. Wie kann ein Mann, auch wenn er Major ist, sich solch ein Zimmer leisten? Als er nach oben kommt, sieht er schon am Ende des Flures eine Doppeltür mit Aufschrift. Der dicke Teppich schluckt jedes Geräusch. So kann er leise Gespräche aus fast jedem Zimmer hören. Als er näher kommt kann er Präsidentensuite lesen. Hier ist er richtig. Er klopft an die Tür. Bekommt aber keine Antwort. Wieder klopft er und macht nun die Tür auf. Es ist eine Doppeltür und er klopft ein drittes Mal an die zweite Tür. Sofort kommt von innen die Antwort: „Reinkommen!"

Walker öffnet die Tür und tritt ein. Er steht stramm und meldet: „Leutnant Walker angetreten zum Rapport."

„Ja, ist schon gut, stehen Sie bequem. Berichten Sie!"

Die Stimme des Majors ist nicht mehr schneidend, sondern schnarrt jetzt mehr. Walker sieht sich um und kann bestimmt zehn leere Whisky Flaschen zählen, teilweise stehend oder liegend auf dem Fußboden und Tischen. Der Major sitzt auf einem Sessel und hat ein Whiskyglas in der Hand. In der anderen Hand eine Zigarre. Alles im Raum ist unordentlich. Auf dem Fußboden liegen Papiere und Wäschestücke zwischen den Flaschen. Asche ist auf dem Teppich von diversen Zigarren. Es stinkt nach Fusel, nur der Major sitzt stocksteif in seinem Sessel.

„Melde, dass Captain McGrath seine Dienstmarke und seine Waffe abgegeben hat. Sein Büro wurde von seinen privaten Dingen geräumt. Captain McGrath wurde nach Hause auf seine Ranch entlassen. Mir wurden die Schlüssel übergeben und ich habe das Büro bereits übernommen."

„Gut, Leutnant, wie war noch Ihr Name?" „Walker, Sir!"

„Gut Walker, setzen Sie sich und trinken Sie einen Whiskey mit mir. Na los, ich befehle es Ihnen. Nehmen sie sich ein Glas!"

„Sir?"

„Na, machen Sie schon. Sie sind doch ein Townmarschall und haben Praxis. Da werden Sie doch wohl einen Whisky trinken können! Da drüben steht noch ein Glas, nehmen Sie es."

Walker geht zu einem alten dunklen gedrechselten Schrank mit Bleiglasfenstern in den oberen Türen. Auf dem Podest stehen neben einer leeren Karaffe noch zwei Gläser, scheinbar unbenutzt. Er nimmt eines und setzt sich dem Major gegenüber. Der Major schenkt ungeschickt ein und das Glas steht in einer Whiskylache.

„Na los, trinken Sie schon!"

Walker nimmt einen Schluck und betrachtete interessiert den Major. Er versucht ihn einzuschätzen. Eigentlich ist er unscheinbar soldatisch. Das ist eigentlich schon alles. Wie kann ein Mann diese Position einnehmen. Wahrscheinlich gerade deswegen, aus Mangel an Kanten nach oben geschwemmt worden. Aber dieser Mann ist undiszipliniert, was schon am Raum ablesbar ist. Vielleicht ist er auch unberechenbar. Walker sieht den Major nichtssagend an. Dieser hebt sein Glas und sagte einfach nur: „Prost."

Daraufhin nimmt er einen Zug aus seiner Zigarre und schnarrt: „Erzählen Sie mir Ihre letzten Erfolge. Vielleicht kann ich etwas für Sie tun. Was können Sie für Sich verbuchen? Erzählen Sie mir etwas von sich, auch wenn ich nicht mehr viel Zeit habe, da meine Kutsche gleich geht, will ich mehr über Sie wissen, bevor ich diesen Ort verlasse."

Ein Klopfen an der Tür. „Reinkommen!"

Wieder schnarrte die Stimme des Majors. Die Tür geht auf und ein Angestellter des Hotels guckt durch die Tür und fragt: „Sir, Ihre Kutsche geht in fünfzehn Minuten. Können wir Ihre Sachen zusammenpacken, Sir?"

Der Major zum Angestellten gewandt: „Ja, natürlich", zum Leutnant gewandt: „Ärgerlich, wir haben keine Zeit mehr, aber vielleicht sehen wir uns noch wieder. Sie können jetzt gehen. Wie war noch Ihr Name?"

„Walker, Sir."

„Ja, natürlich, auf Wiedersehen."

Walker geht aus dem Raum und kann sein Glück kaum fassen. Der Hotelangestellte kam genau im richtigen Augenblick. Was hätte er diesem Mann sagen können. Nichts,- freiwillig würde er ihm nicht mal seinen Namen sagen. Jedenfalls war dieser Major erst mal weg. Aber das war noch keine Entlastung. Es kommen andere. Was sagte doch der Major - heute oder morgen.

Ben kämpft gegen dunkle Strömungen. Etwas will ihn hinab ziehen, aber er kämpft dagegen an. Er kämpft sich hoch. Irgendwie hört er Stimmen, kann sie aber noch nicht einordnen. Bald hört er die Stimmen deutlicher.

Da trifft ihn ein Schwall Wasser ins Gesicht. Sofort ist er wieder bewusst. Was war denn noch geschehen. Nun versteht er: „Los noch einen Schwall Wasser, der ist noch nicht da!"

Wieder trifft ihn das Wasser ins Gesicht. Er reißt die Augen auf und hört.

„Ah, nun ist er wieder da! Los setzt ihn auf den Stuhl."

Ben kann nur undeutlich sehen, aber er sieht, dass er sich in einem dunklen Keller befindet.

Ein Tritt trifft ihn, der Schmerz macht ihn ganz hellwach. Er sieht sich weiter um, Steinquarder in den Wänden. Nun schaut er hoch, er ist in einem Turm gefangen. Ganz oben kann er ein kleines Fenster entdecken, durch das ein Sonnenstrahl fällt. Das Fenster ist aber mindestens zehn Yards hoch. Hier würde niemand irgendeinen Schrei hören.

„Unser Freund hat jetzt wohl begriffen wo er sich befindet. Hier kommst du nicht mehr raus. Du kannst dich freuen, wenn der Chef dich umpusten lässt, denn wenn du hier bleibst, wirst du verfaulen."

Ben hört das Knirschen der Stiefel auf dem Steinfußboden. Wieder trifft ihn ein Tritt. Ben will auf, aber nun merkt er, dass er gefesselt ist. Auch fühlt er nun die Kälte, wie lange hat er hier gelegen? Er bemerkt, dass er anfängt zu zittern. Der Fußboden ist aus Steinplatten und nass, seine Oberkleidung ist ebenfalls nicht mehr trocken. Plötzlich wird er hochgerissen und auf einen Stuhl gesetzt.

„Wir werden dich jetzt ein bisschen aufhängen, damit du trocknest."

Wildes Gelächter folgt. Noch werden wir dich nicht am Hals aufhängen, sondern nur an den Händen, aber wir können sie leider nicht nach vorne bringen. Tja, tut mir leid, alter Kumpel."

Beide Männer werfen ihre Zigarren zu Boden und treten auf ihn zu. Sie reißen ihn brutal hoch auf die Beine.

Die Tür geht auf. Ben sieht, dass es eine Eisentür ist, die innen im Turm befestigt ist. Nun entdeckt er auch, die Wassersringe in den Wänden. Blitzartig erkennt er, dass hier im Turm Wasser gestanden hat und öfter steht. Die Eisentür ist innen befestigt, damit das Wasser sie in den Türrahmen drückt und so die Tür dicht ist. Zwei Mann kommen in den Turm.

„Wir sollen ihn zum Boss bringen. Wir hoffen, er hat sich nicht nass gemacht, sonst kriegen wir Ärger mit dem Boss. Ihr wisst, er mag überhaupt keinen Gestank. Hat er?"

„Hast du dich nass gemacht?"

Ben schüttelt den Kopf. Noch sagt er nichts, die Lage ist gerade dabei sich zu verbessern, also schweigt er. Jetzt will er niemanden provozieren. Nicht jetzt.

Die beiden Männer nehmen ihn in die Mitte und ziehen ihn mit sich. Die Tür wird aufgemacht und sie gehen durch einen langen Felsengang der leicht ansteigt und einen Bogen macht. Hier ist es feucht und es riecht modrig. Er versucht die Länge abzuschätzen, aber es gelingt ihm noch nicht seine Schritte zu zählen. Nun folgt eine alte Backsteintreppe, die sie hinauf steigen.

Wieder kommen sie in einen Gang, dieser ist ganz trocken und mit Fackeln heller beleuchtet, nicht nur eine Fackel alle zwanzig Yards wie im vorigen Gang, sondern alle fünf Yards. Er sieht wie Fackeln, die abgebrannt sind, von einem Mann ausgetauscht werden. Ben speichert, es muss ein vielbenutzter Gang sein.

Der Gang weitet sich und drei Türen befinden sich am Ende des Ganges. Sie gehen durch die dritte Tür, steigen eine

Treppe hoch die um eine Ecke biegt. Weiter eine Etage hoch, durch einen Gang von dem eine Tür abgeht. Diese Tür wird aufgerissen und sie kommen in ein feudal eingerichtetes Büro.

Ein Mann sitzt schräg auf einem großen polierten Mahagonischreibtisch mit Löwenfüßen und gedrechselten Applikationen. Das wird wohl der Boss hier sein. Ben sieht jetzt, dieser Mann ist ein Boss. Seine Gestik drückt Herrschsucht aus. Dieser Mann ist gefährlich. An wen erinnert er ihn? Er kann immer noch nicht klar denken! - Ja doch, an seinen Bruder.

Auch dieser Mann ist geschliffen, aber skrupellos. Das ist sicher Bruce Cabot. Wieder so ein Schakal, der sich in eine Stadt einnistet und sich mit dem Geld der schwer arbeitenden Bevölkerung vollsaugt. Der Mann ist gar nicht mal so groß, aber man sieht, dass er sehr athletisch ist. Er hat schwarzes gewelltes Haar. Seine Bewegungen sind geschmeidig. Dieser Mann ist durchtrainiert. Auch traut er ihm eine große Revolverschnelligkeit zu. Ben ist zwar etwas größer und auch in den Schultern etwas breiter, aber dieser Mann wäre ihm im Faustkampf bestimmt ebenbürtig. Der Mann unterbricht Bens Gedanken.

„Bist du jetzt da? Kannst du mich laut und deutlich verstehen, Morgan? Dann höre mir jetzt ganz genau zu. Du hast mich bestohlen. Du hast mir ein Säckchen Diamanten gestohlen, das will ich zurück haben!"

Ben will sich bewegen, aber seine Hände sind immer noch auf den Rücken und seine Beine sind ebenfalls noch gefesselt.

„Den Beutel haben wir bei dir nicht gefunden, also wo ist er? Ich rate dir, jetzt zu sagen wo er ist. Dann lasse ich dich vielleicht leben, ansonsten lasse ich dich über dem Feuer rösten und dann in der Herberge, die du gerade kennengelernt hast, einquartieren. Den Rest machen dann unsere kleinen Haustiere!" Bruce Cabot tritt einen Schritt auf ihn zu.

„Du hast zwei meiner Männer zusammengeschossen, gut es waren nicht die besten, aber es schwächt unsere Position in der Stadt. Auch das kann ich nicht durchgehen lassen."

Er tritt noch einen Schritt weiter auf Ben zu. Er blickt ihn mit intelligenten aber glasharten Augen an. Dann geht ein Schatten über sein Gesicht. Cabot fasst Ben an den Kopf und dreht ihn zur Seite. „Mh."

Cabot tritt wieder zurück an seinen Schreibtisch und setzt sich schräg darauf: „Werft ihn wieder in unseren Spezialkeller, er kann erst einmal ein paar Tage hungern und dursten, dann wird er bestimmt gesprächiger. Dann merkt er, dass man Diamanten nicht essen kann und sie einem trotzdem im Magen liegen."

Bens Gedanken rasen. Wieder so ein Streich seines Bruders. Überall muss er dessen Suppe auslöffeln. Wie kommt er hier raus? Der Mann ist ohne Zweifel intelligent. Vielleicht kann er mit ihm reden. Wenn man ihn erst wegsperrt, ist es höllisch schwer hier wieder wegzukommen. Das er Gesetzeshüter ist, kann er überhaupt nicht verlauten lassen. Ein Trick würde sofort durchschaut werden, wenn man die Diamanten nicht fände. Er konnte nur auf Zeit spielen, dann würde sich eine Gelegenheit finden. Im Moment sieht er überhaupt keine Möglichkeit. Die zwei Männer rechts und links neben ihm, ziehen ihn hoch.

An die Tür wird in einem bestimmten Rhythmus geklopft. Cabot befiehlt: „Seht nach, wer draußen ist."

Sie lassen Ben wieder auf den Stuhl fallen. Einer geht zur Tür und öffnet. Ein Mann mit Kneifer auf der Nase kommt herein, geht auf Cabot zu und spricht leise mit ihm. Der Mann steht so, dass man nichts hören und sehen kann. Dann zieht er ein Papier aus der Tasche und zeigt es Cabot so, dass kein anderer es sehen kann. Cabot nickt und sagt leise: „Danke, ich habe es gleich gesehen, aber nun bin ich sicher. Lass es hier!"

Der Mann nickt und geht wieder zur Tür und tritt hinaus. Cabot wendet sich den beiden Wachen zu. „Nehmt ihm die Fesseln ab."

Er geht um den Schreibtisch und setzt sich auf den Stuhl. Er zieht die Schreibtischschublade auf und nimmt einen Revolver heraus. Er legt den Colt mit gespanntem Hahn vor sich auf den Tisch. Die Mündung zeigt auf Ben. Dann lehnt er sich zurück. Seine Leute sehen ihn fragend an.

„Nehmt ihm die Fesseln ab! Ich wiederhole mich nicht gern, macht es!"

Ben werden die Fesseln abgenommen. Er reibt sich die Hände.

„Gebt ihm seinen Hut wieder."

Er wendet sich an Ben: „Wollen Sie für mich arbeiten? Ich bezahle gut. Sie sind sehr schnell mit dem Colt und *Sie* sind *nicht* Morgan Wynn! Aber Sie sehen ihm verdammt ähnlich. Aber die Narbe dort an ihrem Kopf verrät, dass Sie jemand anderes sind. Ich habe hier Ihren Steckbrief. Er ist gerade vom Sheriff gekommen. Sie werden gesucht, aber man will Sie nur lebendig. Was will man von Ihnen?"

Ben verbirgt seine Überraschung und setzt sich auf: „Man sucht mich wohl wegen einer Zeugenaussage gegen meinen Bruder. Sie sind nicht der einzige, der von ihm bestohlen wurde. Ich bin hinter ihm her, denn ich bin es leid immer für ihn die Suppe auszulöffeln. Einmal wird es mich erwischen, was ich verständlicherweise nicht will. Deswegen jage ich ihn und werde ihn erlegen. Das Maß ist voll!"

Cabot hat ihm zugehört und seine Augen glitzern gefährlich.

„Was hat er noch verbrochen?"

„Er hat in Boise den Bankdirektor getötet, die Bank ausgeraubt und danach einige seiner eigenen Männer erschossen und ist mit der Beute geflohen, während der Rest der Bande gefangen wurde und in Arrest sitzt. Er ist für niemanden gut. Weder für die Guten noch für die andere Seite. Er muss verschwinden."

„Gut, ich werde Erkundigungen einziehen. Warten Sie im Hotel bis ich die Erkundigungen habe. Wenn sich Ihre Geschichte als wahr erweist, werde ich Sie ausrüsten mit allem was Sie für die Jagd brauchen. Patronen und Messer habe ich Ihnen ja schon bezahlt." Cabot lächelt schmal.

„Und Sie werden mir meine Diamanten wieder bringen, wenn Sie Ihren Bruder gefunden haben. Ich werde Ihnen dafür sogar noch einen Finderlohn zahlen, bei Abgabe der Steine."

"Ich verstehe, aber was haben Sie davon, wenn ich meinen Bruder jage und Sie bezahlen?"

"Ich kann keine Leute abziehen, dann würde ich meine Position hier noch weiter schwächen. Sie werden jagen, ich muss keine Leute entbehren. Außerdem haben Sie mir zwei meiner Leute schwer zusammengeschossen. Aber ich werde darüber hinwegsehen. Sagen Sie mir ob Sie einverstanden sind. Sie sind doch einverstanden?"

Cabot spricht leise, aber die Drohung in seiner Stimme ist nicht zu überhören.

Ben nickt: „Natürlich bin ich damit einverstanden, sehr sogar! Ich werde im Hotel warten bis Sie Ihre Informationen haben."

„Gut, gehen Sie."

Zu seinen Leuten gewandt: „Lasst ihn gehen. Noch was, greift ihn nicht an. Er ist gut, zu gut für die meisten von Euch! Klar?! Ich meine auch dich Laremy und dich Noah."

Die beiden Männer nicken.

„Ich höre nichts!"

„Ja, Sir, natürlich, Sir!"

„Geht mit ihm nach unten und gebt ihm seine Waffen wieder! Ab!"

Seine Hand macht eine herrische Geste.

Ben sieht sich um. Er kann keine Tür entdecken. Aber er ist doch von hinten mit den zwei Männern gekommen. Also geht er auf die Tür zu durch die der Mann mit dem Kneifer kam. Ben geht nach den beiden mit runter und lässt sich seine Waffe wieder geben.

Laremy knurrt: „Du hast ja mehr Schwein als Verstand, Mistkerl. Lass dich nur nicht sehen. Die beiden die du umgelegt hast waren mit den meisten unserer Jungs befreundet. Sie werden dich vielleicht nicht mit dem Colt schaffen, aber wenn sie dich sehen, werden sie dir die Zähne einschlagen, denn das werden sie schaffen, wir beide werden mithelfen, klar!"

In diesem Moment verschafft sich die ganze Anspannung unter der Ben stand einen Ausweg. Ohne zu zögern schlägt er mit dem Colt, den er noch in der Hand hält, zu. Gleichzeitig rammt er dem anderen Mann das Knie in den Magen und schlägt dann mit dem Revolver auf den Halsansatz. Beide gehen zu Boden und bleiben liegen.

Leicht außer Atem knurrt Ben: „Jeder, der was von mir will, kann es bekommen. Ist *das* klar? Kommt mir nicht wieder unter die Augen!"

Ben geht aus dem Haus auf die Straße. Der Qualm der Schornsteine steigt nun etwas gerader in die Höhe und legt sich nicht mehr auf das Dorf. Ben bleibt kurz stehen, holt tief Luft, atmet aus und orientiert sich. Er muss jetzt als Erstes seinen Ärger loswerden und runterschlucken, sonst ist er abgelenkt.

Es ist noch Morgen. Er geht über den Platz vor dem Haus, wendet sich dem Store zu und kauft sich neue Kleidung. Den Verkäufer informiert er, dass alles von Mister Cabot bezahlt wird. Der Händler nickt und schreibt. Wahrscheinlich trägt er die Kleidung in die Rechnung für Cabot ein. Das ist ihm aber jetzt wirklich völlig egal und er fragt nach dem Hotel. Der Verkäufer beschreibt es ihm und Ben verlässt den Store und wendet sich dem Hotel zu. Er wird erst einmal in Ruhe heiß Baden, sich rasieren und dann richtig frühstücken.

Leutnant Walker sitzt an seinem neuen Schreibtisch und liest sich noch einmal die Vernehmungsprotokolle der Bankräuber durch. Es klopf an der Tür. Er schaut auf und ruft: „Herein!"

Drei Männer treten ein: „Guten Morgen Sir, Ich bin Leutnant Pat Deern, das sind meine Kollegen Leutnant Gene Evens und Leutnant Terry Wilson. Wir kommen von der Kontrollbehörde."

„Guten Morgen meine Herren, mein Name ist Leutnant Robert Walker zurzeit geschäftsführender Dienststellenleiter. Ich führe diesen Posten kommissarisch für Captain Frank McGrath. Nehmen sie doch Platz.

Während sich Leutnant Deern und Leutnant Evens setzen, greift Leutnant Walker zur Glocke auf seinem Schreibtisch und klingelt. Die Ordonanz erscheint und Walker bestellt noch einen Stuhl. Kurz darauf wird einer gebracht. Nachdem nun auch Leutnant Terry Wilson sich setzt, spricht Walker weiter: „Meine Herren, Sie wurden mir schon avisiert. Leider teilte man uns nicht mit, wann Sie genau hier eintreffen. Sonst hätten wir Sie vom Bahnhof oder von der Kutsche abgeholt. Wenn Sie noch kein Hotelzimmer haben sollten, kann ich das für Sie erledigen. Wie kann ich Ihnen noch helfen? Natürlich haben sie Zutritt zu allen Unterlagen und Räumen, ich werde das Veranlassen und Ihre Namen allen Mitarbeiter bekannt geben, so dass Sie sich frei bewegen können. Auch mein ehemaliges Büro steht für Sie bereit, es ist gleich neben diesem. So haben Sie zumindest zu mir einen kurzen Weg."

„Wir danken Ihnen, zuerst haben wir ein paar Fragen. Wir sind mit Ihrem Fall nicht vertraut, wenn Sie uns eine kleine

Einführung geben würden, damit wir wissen, warum wir hier her geschickt wurden, bevor das Schreiben unserer Abteilung uns erreicht. So könnten wir uns schon einmal nützlich machen, natürlich würden wir auch wissen wollen, wer gerade Außendienst macht und mit diesen Mitarbeitern sprechen. Dann hätten wir gerne auch noch die privaten Adressen der Führungskräfte."

„Natürlich, ich werde Sie herumführen und Sie in die Dienstpläne einführen, so dass Sie immer darüber informiert sind, wer was gerade macht. Die privaten Adressen sind hier in den Personalakten, die Schlüssel für die Schränke habe ich. Ich zeige Ihnen nun ihr Büro und führe Sie dann herum. Danach können wir uns noch zusammensetzen und ich gebe Ihnen ein kurzes Briefing über die derzeitige Situation.

„Mister Walker, wir danken Ihnen, aber bevor Sie uns herumführen, würden wir erst gerne das Info haben, damit wir entscheiden können in wieweit wir offen und-oder verdeckt arbeiten werden."

„Natürlich, das ist kein Problem, dann lassen Sie uns in Ihr Büro nach nebenan gehen, da werden wir nicht gestört."

Ben geht mit seinem Paket die drei Stufen hoch in das Hotel. Er tritt an das Anmeldepult und schlägt auf die Klingel. Das Frontdesk hat enorme Ausmaße. Es ist bestimmt acht Yards lang, das ist für so einen kleinen Ort, gewaltig. Hinter dem Anmeldepult ist eine Tür mit einem Vorhang. Der Vorhang wird zurückgezogen und eine junge Frau tritt an das Pult. Sie ist etwa achtundzwanzig Jahre alt, braunhaarig, von mittlerer Größe und soweit man es sehen kann, sehr gut gebaut. Sie hat klare braune Augen, ihre Haare sind hochgesteckt. Sie würde auf jeder Bühne die Attraktion sein. Ihre Ausstrahlung ist zwar sehr weiblich aber auch geschäftsmäßig.

Als sie ihn sieht, geht ein Schatten über ihr Gesicht und sie fragt ziemlich abweisend: „Was kann ich für Sie tun, Mister Wynn?" Wieder ist sich Ben darüber klar, dass man Ihn für seinen Bruder hält.

„Möchten Sie Ihren Zimmerschlüssel?"

„Nein, Miss. Wie ist denn ihr Name? Ich möchte ein Zimmer."

Ein leichter Ärger geht durch ihr Gesicht.

„Sie kennen doch meinen Namen und ein Zimmer haben Sie auch. Ich verstehe nicht…."

„Da Sie mich mit meinem Namen angesprochen haben, wissen sie sicher auch wie ich mit Vornamen heiße?"

Die Falte über ihrer Nase verstärkt sich und sie antwortet: „Ja, natürlich, Sie heißen Morgan mit Vornamen, Mister Wynn."

„Sehen Sie, schöne Frau, das ist *nicht* richtig. Mein Vorname ist Ben, ja ich heiße auch Wynn und ich habe in Ihrem? - Hotel, ist es Ihr Hotel, noch keine Zimmer."

„Ja, dann… "

Die junge Frau scheint ein bisschen irritiert.

„Bitte tragen Sie sich hier in das Gästebuch ein. Arbeiten Sie auch für Mister Cabot?" Ben kann wieder eine leichte unterdrückte Verunsicherung spüren.

„Ich muss das wissen, ob Sie für Mister Cabot arbeiten."

„Ja, ich arbeite für Mister Cabot, sind Sie die Besitzerin? Wenn ja, dann hätte ich gerne ein heißes Bad in meinem Zimmer genommen. Ist das wohl möglich? Wenn möglich gleich?"

Ben nimmt einen Stift der neben dem Gästebuch liegt und trägt sich ein.

„Sie wollen ein heißes Bad? Ah, ja. Natürlich, ich werde mich sofort darum kümmern. Ja, ich bin die Besitzerin", sie dreht sich um und greift einen Schlüssel vom Schlüsselbrett: "und hier ist Ihr Zimmerschlüssel. Das Zimmer liegt im ersten Stockwerk, zur Straße. Sie entschuldigen mich, ich werde mich jetzt um ihr Bad kümmern."

„Halt, Miss!" Die junge Frau bleibt abrupt stehen und dreht sich um, ihr Gesicht ist sehr erschrocken.

„Sie haben mir noch nicht ihren Namen verraten. Sie sind im Vorteil. Sie wissen meinen Namen, nun auch meinen Vornamen. Nun möchte ich auch Ihren Namen wissen und auch Ihren Vornamen!" Ben lächelt sie an.

„Ja und Sie wollen mich nicht foppen, sie sind nicht Mister Morgan Wynn. Sie sehen aber genau so aus."

Sanft sagt Ben: „Nein, ich will Sie nicht foppen und wüsste gerne Ihren Namen."

„Mein Name ist McCrea, mein Vorname ist Ann, der Hoteldiener wird gleich bei Ihnen sein, gehen Sie ruhig hoch, er kommt sofort."

„Danke Miss McCrea, danke Ann! Dann bis später."

Damit geht Ben die Treppe hoch. Das war ein hartes Stück Arbeit, bis er mal Ihren Namen erfahren hat. Wenn er so an sie denkt, diese Frau könnte ihm gefallen. Sie war flink davon gelaufen mit leichtem Schritt und wehendem Rock.

Aber dann fällt ihm wieder seine Mission ein und er fragt sich, wieso von ihm ein Steckbrief draußen ist. Doch vorerst kann er sich nicht darum kümmern. Jetzt wird gebadet, sich rasiert und gegessen. Danach wird er sich das Zimmer von seinem Bruder einmal genau ansehen. Und hoffentlich nicht wieder eine böse Überraschung erleben. Er trifft mit dem Hausdiener zur gleichen Zeit bei seinem Zimmer ein.

Er schließt ihm die Tür auf und der Mann trägt ihm den Badezuber in das Zimmer. Sofort zuckt es ihm durch den Kopf: Hier muss es noch eine Treppe geben. Ben geht in sein Zimmer und zieht schon einmal die nasse Kleidung aus, bis auf seine Hose. In dem noch trockenen Badezuber findet er Handtücher. Er trocknet sich erst einmal ab.

Er zieht sich einen Hocker an den Badezuber, nimmt die Seife aus dem Zuber und legt sie mit dem Handtuch auf den Hocker.

Danach tritt er an das Zimmerfenster. Direkt unter dem Fenster ist das Dach vom überdachten Holzfußweg. Schlecht, denkt er, ganz schlecht. Hier kann jeder einsteigen. Der Boss Cabot hat zwar seine Leute an die Leine gelegt, aber sicher konnte man sich bei den Leuten, die ihn umgeben, nicht sein.

Der Hausdiener ist groß, schwarz und schnell. Er bringt so schnell das heiße Wasser in Eimern, dass Ben unwillkürlich auf den Flur tritt und guckte ob nicht schon viel Wasser auf dem Flur verloren gegangen ist. Aber der Flur ist trocken.

„Ein Künstler", denkt Ben, „ein wirklicher Künstler! Der Mann muss unwahrscheinliche Kräfte haben, wenn kein Wasser danebengeht."

Wieder kommt der Diener und bringt Wasser. „Brauchen Sie noch mehr Sir, oder ist es so genug?"

„Es ist genug, wie heißen Sie, Sir?"

Der Schwarze lacht und seine weißen Zähne blitzen: „Okay, ich habe es so gelernt, alle weißen Männer mit Sir anzureden, ich heiße Abraham Moses".

Auch Ben grinst: „Wie kommst du zu so einem Job, du kannst doch mehr! Ich heiße übrigens Ben. Danke für die Arbeit."

Ben wirft ihm einen Dollar zu.

„Jeder Zeit wieder!" erwidert Abraham und verschwindet. Ben schließt die Tür und nimmt seinen Colt aus dem Holster und legt ihn auf den Schemel. Er packt die neue Wäsche aus und legt sie griffbereit auf das Bett. Er dreht sich eine Zigarette, zündet sie an und steigt in den Zuber und überlegt. Sein Pferd hat man ihm noch nicht wiedergegeben. So will man ihn wohl festhalten, denn das Pferd ist fast unbezahlbar. Auch Cabot weiß: so ein Pferd gibt man nicht auf.

Sein Bruder hat fast eine Woche Vorsprung. Aber wenn Morgan sich überall so lange aufhielt wie hier und seine

Spielchen spielte, konnte sein Vorsprung nun nicht mehr so groß sein. Vielleicht zwei Tage.

Wie lange braucht Cabot für seine Recherche. Ben spürte Ungeduld. Bis jetzt hat sein Bruder, wenn auch indirekt, ihn ganz schön aufgehalten. Er musste zugeben, er hatte es sich schwieriger aber auch leichter vorgestellt. Wenn sein Bruder weiter so eine Spur hinter sich her zieht wie bisher, dann darf er mit keinem Menschen mehr in Kontakt kommen. Denn jeder, der ihm jetzt noch begegnete, konnte wieder ein Geschädigter seines Bruders sein.

Obwohl das Wasser warm ist, durchschaudert es ihn. Wie konnte man so leben, er hat bestimmt noch mehr Schatten auf der Fährte. Das hieß für ihn, Aufpassen! Wenn seinem Bruder noch mehr Schatten folgen, dann kann man ihn, Ben, wieder mit seinem Bruder verwechseln. Es wird eigentlich immer unmöglicher. Jetzt weiß er auch, warum er so unruhig ist. Er muss seinen Bruder schnell finden und diesem Spuk ein Ende bereiten.

Cabot steht vor dem Schreibtisch. Wie immer sitzt sein Anzug perfekt. Das Rüschenhemd ist strahlendweiß und um den Kragen hat er eine Samtschleife. Sein Mitarbeiter mit der Brille sitzt hinter dem Tisch und bearbeitet Papiere.

„Emilio, du bist mein Trusti, mein Vertrauter. Hol' Falkenauge her. Auch wenn er ein stinkender Indianer ist, wir brauchen ihn. Aber er soll sein Biest von Vogel zu Hause lassen. Ich will das Vieh nicht hier im Haus sehen. Ich traue dem Falken nicht über den Weg und Dreck will ich hier auch nicht haben."

Emilio Fernandez blickt auf: „Bruce, muss das jetzt sein. Ich muss diese Wertpapiere sichten, sonst kann ich dir überhaupt nichts über den Wert sagen."

„Es *muss* jetzt sein, wenn die Brieftaube kommt und die Geschichte von Ben Wynn wahr ist, dann werde ich ihn losschicken. Wir können ihn nicht länger aufhalten, sonst wird die Spur kalt, also geh und hol' Falkenauge."

Emilio erhebt sich und entgegnet: „Nun gut, die Goldaktien werden ja nicht sofort in den Keller fallen. Ich werde ihn holen, ich hoffe nur er ist greifbar, diese Indianer sind unberechenbar."

„Gut, das ist die richtige Einstellung. Hol' ihn mir ran, wir brauchen ihn um ihn diesem Ben Wynn auf die Fersen zu setzen. Ich weiß nicht wie er es macht, aber der hat seinen Falken so abgerichtet, dass er über Meilen immer am Mann bleibt und dem Indianer zeigt wo der Verfolgte ist. Wir können diesen Indianer für nichts anderes Einsetzen aber zur Verfolgung des Ben Wynn ist er der beste Mann. Er wird ihn in mehreren Meilen Abstand verfolgen und uns zu seinem Bruder führen und damit zu den Diamanten."

Mit einer auffordernden Handbewegung fährt er fort und weist ihn an: „Auf dem Weg dorthin kommst du beim Store vorbei, lass alles vom Inhaber fertig machen für den Ben. Ich will nicht, dass es jemand anderes von meinen Leuten macht, die hassen ihn und könnten ihm etwas unterjubeln oder etwas herausnehmen. Wir brauchen diesen Ben bis er seinen Bruder gefunden hat. Danach kann er für uns arbeiten oder er verschwindet. Also geh!"

„Okay Boss!"

Emilio Fernandez der mit seiner Brille so unscheinbar wie ein harmloser Buchmacher wirkt, zieht seine Jacke an, schnallt sich mit geübtem Griff sein Holster um und greift zum Gewehr. Dann zieht er den Colt aus dem Holster und prüft die Patronen. Der Colt hat keinen Abzug. Vorsichtig lässt er den Hammer wieder auf eine leere Patronenkammer in der Trommel gleiten. Dann prüft er die Winchester. Darauf steckt er noch ein Messer in seinen linken Stiefel und geht aus dem Raum. Wer ihn besser kennt, weiß, dass er ein gefährlicher Gunman ist, der aber nicht nur schießen kann, sondern auch einmal eine Bank in den ehemaligen Südstaaten hatte. Diese wurde im Krieg zerstört.

„Walker, ich muss mit Ihnen sprechen, haben Sie einen Moment, es ist wichtig."

„Ja, natürlich, kommen Sie rein, setzen Sie sich Leutnant Deern. Was gibt es?"

„Um es kurz zu machen, wir haben jetzt mit drei Mann, wie sie wissen, ihr Hauptquartier hier überprüft. Wir sind noch nicht durch - aber, was wir bis jetzt gesehen und erlebt haben, scheint es bei Ihnen nahezu perfekt zu laufen. Es gibt auch privat keine Anhaltspunkte, deshalb frage ich Sie jetzt: Wer hat es veranlasst, dass ein Haftbefehl von Ben Wynn rausgegangen ist, wissen Sie das? Er ist einer unserer Männer und wir bringen ihn damit in Gefahr, wer hat das veranlasst?"

„Soweit ich es weiß, wollte es Major Collier veranlassen. Also ist er meines Wissens dafür verantwortlich."

Walker sieht ihm ernst ins Gesicht: „Ich habe ihr Einverständnis vorausgesetzt und nach Washington telegraphiert, dass der Steckbrief aufgehoben wird. Wir werden, - und das ist vertraulich, dieses Gespräch wird diesen Raum nicht verlassen, auch Kollegen auf diesen Major ansetzten. Ich sage Ihnen das, damit Sie eine gewisse Genugtuung verspüren.

Das zweite ist, dass wir noch etwa drei Tage brauchen, dann sind wir verschwunden. Aber, das Wiedereinsetzen von Captain McGrath wird von Washington aus gesteuert und unterliegt nicht unseren Befugnissen. Bis die Wiedereinsetzungsurkunde aus Washington kommt, müssen sie sich noch gedulden. Das was ich Ihnen jetzt gesagt habe, ist noch inoffiziell. In drei Tagen bekommen Sie unseren

Abschlussbericht, dann ist es offiziell und Sie können es an Ihre Mitarbeiter weitergeben".

Leutnant Deern erhebt sich und verlässt den Raum.

Walker atmet aus: „Ja, wenn das nicht eine gute Nachricht ist. Wie hatte doch McGrath gesagt: 'Die Prüfer sind auch Kollegen und werden wenn sie nichts finden, sich ihre eigenen Gedanken machen. Dabei werden wir sie dann nach besten Kräften unterstützen.'

Das Unterstützen werden wir jetzt in Angriff nehmen, wir werden schon einmal in anderen Städten herumschnüffeln und fragen ob der Major da gesehen wurde und mit wem! Aber wir werden nichts übereilen. Sollen sie erst einmal Ihren Abschlussbericht machen, dann legen wir los.

In ihm kommt ein Hochgefühl auf. Er sieht das Licht am Ende des Tunnels. Jetzt kommt alles in Ordnung. Walker fällt ein, dass noch der Whisky vom Captain im Schrank steht. Laut spricht er zu sich: „Da hat der alte Fuchs doch recht, der ist etwas für besondere Gelegenheiten, und wenn das heute keine ist, wann dann?"

Walker steht auf und geht zum Schrank, schenkt sich einen Whisky ein und setzt sich wieder an den Schreibtisch. Er fängt an zu überlegen. Was tut man in solch einer Situation. Wenn, ja wenn sie den Major überprüfen, dann, - ja dann ist das ein Anfangsverdacht. Da sollte man doch mal ein wenig weiterbohren. Wir werden in Idaho bohren. Wir werden bohren wie die Weltmeister. Was hat wohl McGrath in der Zwischenzeit gemacht, der hat bestimmt auch nicht nur Däumchen gedreht. Wenn die Kollegen von der Kontrollbehörde weg sind, kann er wieder mit McGrath Kontakt aufnehmen und hören, was er in der Zwischenzeit herausgefunden hat. Dann werden sie wieder ihre Kräfte vereinen und die Sache angehen.

Ben liegt in seinem Zuber. Er denkt über das Hotel nach. Hier in diesem Haus herrscht eine gespannte Atmosphäre. Man kann sie fast greifen, er pafft an seiner Zigarre und genießt das warme Wasser. Aber dann ist es ihm genug und er ist bereit aus seinem warmen Bad zu steigen, da hört er unten im Hotel Lärm. Etwas klirrt zu Boden, dann hört er einen starken Fall. Er greift unter das Handtuch auf dem Hocker nach seinem Revolver und steigt schnell aus dem Zuber.

Er tritt hurtig auf das Handtuch und trocknet seine Füße. Danach stellt er sich blitzschnell neben die Zimmertür. In dem Moment wird sie auch schon aufgerissen und ein Revolver spuckt fünf Kugeln in den Bottich, aus den Löchern sprudelt das Wasser. Ben will es nun mit Cabot nicht verderben. Er kann den Mann nicht töten. Er setzt alles auf eine Karte und schlägt den Revolver zur Seite, der jetzt höchstens noch eine Kugel hat, springt aus der Tür und schlägt seinen Colt mit äußerster Kraft auf den Oberarm knapp unter dem Schultergelenk. Sofort ist der Arm lahm, der Colt entfällt der Hand. Wieder schlägt er zu, der Mann bricht zusammen.

Plötzlich spürt er den Lauf eines Revolvers im Rücken. Verdammt, ein zweiter Mann, das war es dann wohl. Aber nichts tun sich, er dreht sich um und guckt in das grinsende Gesicht von Abraham Moses. Der zweite Mann hängt schlaff in seinen Armen. Abraham sagt: „Er lebt noch!"

„Danke Abraham, es ist gut in diesem Höllenloch noch einen vernünftigen Menschen zu finden. Danke. Aber wir müssen die beiden wegschaffen. Ich kann so im Adamskostüm nicht auf die Straße. Bring du sie weg, keiner von den beiden hat dich gesehen. Noch was, leer ihnen die Taschen aus, als Ersatz für den Bottich und die Schweinerei."

Immer noch grinst Abraham und über seiner Stirn leuchtet eine rote Beule. Er antwortet: „Leute, die diese Banditen zum Feind haben sind meine Freunde, vor allem wenn sie zu mir 'Sir' sagen."

Ben hebt den Revolver auf und steckt ihn in das Holster des Mannes. Abraham schnappt sich die beiden Männer unter den Arm und schleppt sie weg. Gut, dass es noch eine Treppe gibt, die nur für das Personal bestimmt ist.

Das war also der Lärm unten. Man hatte Abraham eins übergezogen, aber wie man sieht, nicht hart genug.

Ben zieht sich an und geht hinunter in den Speisesaal. Dort setzt er sich so, dass er alle Türen im Auge hat und den ganzen Saal überblicken kann.

Ann McCrea kommt aus der Küchentür auf ihn zu. Jetzt trägt sie eine Schürze. Die Haare sind immer noch hochgesteckt. Das ist wohl praktischer für die Arbeit.

„Was hätten Sie gerne zum Frühstück, Mister Wynn."

„Ben, sagen meine Freunde zu mir."

„Ich kann Ihnen Brot mit Speck und Ei oder Spiegelei mit Speck und Gurke anbieten." Natürlich kann ich auch etwas Spezielles für Sie machen. Es ist schon fast Mittag. Ich kann Ihnen auch schon ein Steak mit Gemüse braten. "

„Darf ich Ann zu Ihnen sagen? Ja? danke! Ich hätte gerne Spiegelei mit durchwachsenen Speck und wenn Sie haben, ein Glas Saft, Ann."

„Gut, ich werde es Ihnen bringen, Ben. Waren Sie mit dem Bad zufrieden?"

„Ja, Sie glauben gar nicht wie zufrieden ich war. Sie haben da ja eine wahre Perle von Hausdiener." Ben lacht.

Ann sieht ihn verwundert an. „Freut mich, dass Sie zufrieden waren."

Damit dreht sie sich um und geht wieder in die Küche.

Naja, so richtig aufgetaut ist sie noch nicht, aber was nicht ist, kann ja noch werden, denkt sich Ben.

Nach dem Essen will er sich hinlegen. Er weiß nicht wann er wieder ausreichend Schlaf bekommt. Als Ann wieder an den Tisch kommt um abzuräumen, spricht er sie leise an: „Ann, sagen Sie mir bitte die Zimmernummer meines Bruders. Ich werde mich ein wenig zum Schlafen dort hinlegen. Sagen das bitte auch Abraham, aber niemanden anderen. Ja? Danke."

„Gut, wie Sie wollen Ben, ich werde Abraham Bescheid geben. Nehmen Sie den Schlüssel einfach vom Schlüsselbrett".

Sie sagt ihm die Nummer. „Schlafen Sie gut!"

Ein leises Lächeln geht durch ihr Gesicht.

„Wie heißt es doch? Wer schläft der sündigt nicht!"

Ben lacht. „Ja, da haben sie recht, leider ist es wohl so, danke!"

Ben erhebt sich und geht die Treppe wieder hoch, er erreicht das Zimmer seines Bruders. Es liegt zum Hof hin. Vorsichtig schließt er auf, stellt sich neben die Tür und drückt sie von der Seite aus auf. Nichts passiert. Er guckt vorsichtig um die Ecke. Nichts. Es ist nur ein verlassenes Zimmer. Er macht von innen die Tür zu, schließt ab und sieht sich um. Ein Bett, ein Tisch, ein Schrank, ein Stuhl. Das war es. Fast wie sein eigenes Zimmer nur etwas dunkler.

Er geht zum Schrank und macht die Tür auf. Dann hört er es, gedankenschnell springt er zwei Yards zurück.

Er lächelt, er wusste gar nicht, dass er so weit rückwärts springen kann. Aus dem Schrank kriecht eine Klapperschlange. Ja, typisch sein Bruder. Der findet es wahrscheinlich auch noch lustig.

Ben zieht sein Messer und wirft. Er trifft die Schlange genau in den Kopf. Und nagelt sie damit an den Fußboden. Sie windet sich noch um das Messer hin und her. Er hat auf einen Schuss verzichtet, denn er hat schon erlebt, das erschossene Klapperschlangen noch weiter und weiter das

Maul auf und zu klappten und im Sterben noch Menschen gebissen haben.

Er tritt wieder vor und macht vorsichtig die Schranktür weiter auf. Da liegt noch ein kleines Bündel Eindollarscheine. Also hatte er Platzprobleme. Den Platz brauchte er für die Diamanten. Ben nimmt das Geld an sich und zählt es. Es sind fünfhundert Dollar. Er legt es auf den Tisch und untersucht nun vorsichtig das Bett und den Rest des Raumes. Alles ist friedlich. Nun legt er sich hin. Zwei Sekunden später ist er eingeschlafen.

Leutnant Robert Walker steigt vom Pferd und bindet es an der Querstange vor dem Ranchhaus an. Er steigt die Stufen zum Eingang hinauf. Der Stallmeiser winkt ihm zu. Er klopft an die Tür und tritt ein.

„Ah, Robert kommen Sie, kommen Sie. Schön dich zu sehen. Was bringst du für Neuigkeiten?"

Captain McGrath ist aufgestanden und kommt dem Leutnant entgegen. Sie schütteln sich die Hände.

„Komm setzt dich her. Willst du was trinken? Eine Zigarre?"

McGrath schiebt seinen Freund und Untergebenen vor sich her auf ein großes Ledersofa in der Nähe des Kamins. Das Feuer brennt lustig. Es ist angenehm warm. Walker zieht seine Jacke aus.

„Es sind zwar nur drei Meilen zu dir, aber es ist kalt geworden. Ohne Pelzjacke geht nichts mehr. Ja ich nehme gerne einen Whisky und auch eine Zigarre. Danke. Weshalb ich gekommen bin: Ich habe gerade heute Morgen den Abschlussbericht bekommen. Danach bin ich sofort hierher geritten. Es gab nichts zu bemängeln. Schon nach drei Tagen war der Leutnant Deern bei mir und sagte mir, dass es nichts zu finden gibt. Alles ist korrekt. Das hat die drei von der

Überprüfungskommission nachdenklich gemacht und nun suchen sie, ich sage mal so, 'weiter oben'. Du weißt was ich meine. Nun können wir sie, wie du damals sagtest, unterstützen."

„Sehr gut, das freut mich für unseren Haufen. Jetzt haben wir sozusagen einen amtlich beglaubigten gut funktionierenden Laden."

McGrath lächelt geheimnisvoll: „Auch ich habe etwas interessantes herausgefunden. Vor etwa zehn Jahren hat Morgan Wynn Pferde an die Marshall - und Sheriffausbildung verkauft. Damals war Major Don Collier für die Einkäufe verantwortlich und zu dem Zeitpunkt war er noch Captain. Die beiden müssen sich also kennen. Dann habe ich mir gedacht, ich fresse einen Sack Hafer plus Pferdetrog, wenn die beiden sich nicht kennen. Daraufhin ließ ich meine Verbindungen spielen und forschte in der Ausbildungsstätte diskret nach. Was habe ich gefunden?

Ich habe ein Bild gefunden auf dem beide zusammen zu sehen sind mit einer Gruppe von fünfzehn Praktikanten. Ich denke jetzt mal laut: Ich gehe davon aus, dass Major Collier entweder, ich mag es kaum aussprechen, bestochen wurde. Oder was ich lieber glauben mag, das er erpresst wird."

„Also wollte er mit seinem Manöver Morgan Wynn den Rücken frei halten?" Walker kratzt sich am Kinn. Er steckt die Zigarre wieder zwischen die Zähne. Beide schweigen.

Nach einer Weile: „Und wie bringen wir die Information diskret in die richtigen Hände?"

„Ja, genau das ist die Frage. Ich hätte da so eine Idee. Es war ja vor genau zehn Jahren. Wir könnten das Foto vergrößern. Es rahmen lassen und unter jeder Person auf dem Bild die Namen schreiben und es dem Major zum Geschenk machen von unseren Leuten die vor zehn Jahren in der Ausbildung waren. Natürlich brauchen wir eine wichtige Persönlichkeit die das überreichen soll und das wäre z.B. wie heißt der Leiter der Untersuchungskommission noch?"

„Du bist aber auch ganz schön schlitzohrig."

„Ja ein gewisses Maß an krimineller Energie ist auch in jedem Gesetzesmann." McGrath grinst schief.

„Der Leiter der Untersuchung heißt Leutnant Deern."

„Genau, bekommst du das hin. Sind sie noch in der Stadt?"

„Die wollen morgen erst fahren. Das ist ein Eilprojekt. Jetzt muss ich erst mal die Akten wälzen, wer von uns vor zehn Jahren in der Ausbildungsakademie war. Wo ist das Bild, hast du es hier?"

„Natürlich, ich habe es auf dem Schreibtisch."

McGrath steht auf, holt das Bild. Es ist nicht größer als eine Tabaksdose.

„Ich bringe es gleich zu unserem Fotografen, dann muss ich unsere Leute befragen, wer alles auf dem Bild ist und mir jemanden heraussuchen der es zu Leutnant Deern bringt, weil sich gerade so die Gelegenheit ergeben hat. Denn wir wissen natürlich von nichts." Er kneift ein Auge zu. „Sorry, aber jetzt habe ich es eilig."

Hastig zieht Walker wieder seine Jacke an und setzt die Pelzmütze auf. „So long."

Er geht aus dem Haus.

„Gute Jagd, Robert!"

Walker dreht sich noch einmal auf dem Hacken um und kommt die Stufen wieder hoch.

„Fast hätte ich es vergessen, deine Wiedereinstellungsurkunde kommt direkt hierher aus Washington, das kann noch ein paar Wochen dauern. Aber ich habe bereits über den Telegrafen eine Bestätigung bekommen, dass du wieder eingesetzt bist. Die Urkunde ist dann nur noch eine bürokratische Formalie. Wir sehen uns im Büro!"

Ben kommt nach fünf Stunden Schlaf gutgelaunt und ausgeschlafen in den Speisesaal.

„Hallo Ann, kann ich schon etwas zum Abendbrot bekommen, ich könnte jetzt ein riesengroßes Elefantensteak vertragen. Hast du zufällig Elefanten da?"

Er lächelt Ann herzlich an. Nun beginnt sie doch zu schmelzen und auch sie lächelt: „Nein, ganz so große Steaks habe ich doch nicht da, die passen nicht in meinen Stall. Aber du bekommst bestimmt das größte Steak das ich habe, versprochen."

Sie lacht lauthals und läuft beschwingt in die Küche.

Ben beginnt sich eine Zigarette zu drehen. Die Tür geht auf und Emilio Fernandez betritt den Speisesaal. Ben sieht ihn und zieht sich in sich selbst zurück und fühlt die Situation. Jetzt spürt er deutlich, es kommt etwas auf ihn zu. Fernandez kommt an seinen Tisch und spricht Ben an: „Kann ich mich setzen, ich habe Nachricht vom Boss?"

„Ja, natürlich, setzen Sie sich."

„Mister *Ben* Wynn, wir haben ihre Geschichte überprüft und sie stimmt. Ihr Pferd mit der Ausrüstung steht draußen für Sie bereit. Kleidung liegt für Sie auf dem Anmeldepult, falls Sie sich noch umziehen wollen. Ich gehe davon aus, dass Sie gleich noch losreiten. Es wird eine frostige Nacht, der Himmel ist aufgerissen und es wird eine helle Nacht, aber das werden Sie selber feststellen, deswegen bin ich auch nicht gekommen."

Fernandez lehnt sich zurück und sieht ihn fast wie ein Wolf an, der die Beute gestellt hat. In diesem Moment erkennt Ben die ganze Gefährlichkeit dieses Mannes. Er ist überrascht, wie er sich hat täuschen lassen, aber er hatte ihn ja auch nur ganz kurz gesehen bei dem Gespräch im Büro, als er noch nicht ganz wieder bei sich war. Jetzt erst erkennt er, dieser Mann und Bruce Cabot sind ein fast nicht zu schlagendes Gespann. Dieser Mann hat mit Sicherheit Kontakte zu hochgestellten Persönlichkeiten, auch Gesetzeskenntnisse und wird alle ihre Banditenunternehmungen in legale Geschäfte umwandeln. Aber Ben verbirgt diese Gedanken ganz schnell in seinem innersten Kern. Er will diesen Mann jetzt auf keinen Fall misstrauisch machen.

„Ich will Sie noch einmal darauf hinweisen. Entweder Sie bringen uns die Diamanten oder Ihren Bruder lebend. Das ist wichtig, wenn er nicht mehr lebt, gehen wir automatisch davon aus, dass Sie die Steine haben. Es geht um *Ihren* Kopf. Ich hoffe, Sie haben das ganz klar verstanden. Ich will Ihnen nicht zu nahe treten, aber der Boss will sicher sein, dass Sie das ganz genau begriffen haben." Fernandez sieht ihn lauernd an.

„Mister, mir ist das Geschäft, das wir eingegangen sind, sehr klar. Ich habe das von Anfang an sehr schnell erkannt. Also sagen Sie dem Boss: Ich habe es verstanden. Gut?"

„Gut so, dann erfolgreiche Jagd!" Fernandez erhebt sich und geht hinaus.

Ann kommt mit dem Essen an den Tisch. Sie trägt den Teller mit dem Steak und eine Schüssel mit Gemüse. Das Steak ragt weit über den Tellerrand.

„Dein Essen Ben! Ich hoffe es reicht."

Ben verscheucht seine Gedanken. Er versucht die dicke Luft, die das Gespräch mit Fernandez hinterlassen hat, mit einem Lächeln zu verscheuchen: „Du hast ja doch einen Elefanten geschossen. Das sieht ja ganz hervorragend aus."

Sie lächelt und stellt ihm auch noch eine große Tasse Kaffee dazu.

Noch ist der Essensraum leer. Er sieht, wie sich Ann zu einer Frage durchringt: „Machst du wirklich Geschäfte mit diesen Leuten?"

Sofort erkennt sie wie gefährlich ihre Frage ist und erschrickt vor ihrem eigenen Mut.

Ben lächelt beruhigend. „Ich will dir deine Frage gern beantworten, nur so viel. Manchmal muss man im Leben mit den Wölfen heulen! Ich werde gleich nach dem Essen wegreiten. Aber ich verspreche, ich komme wieder, wenn du es willst? Willst du?"

Ihr Gesicht wird traurig, dann antwortet sie: „Ja, ich werde auf dich warten, komm wieder!"

Sie steht da und schweigt, doch dann richtet sie ihm aus: „Abraham will dich noch sprechen, komm dann bitte in die Küche. Er will nicht, dass man dich mit ihm sieht. Das könnte dich gefährden."

Ben nickt, dann wendet er sich seinem Essen zu. Er isst langsam und bedächtig und trinkt dabei seinen Kaffee aus. Danach erhebt er sich und geht in die Küche. Abraham steht weit hinten im Raum. Wie immer grinst er. Dann tritt er auf Ben zu und sagt nur ganz kurz.

„Bruce Cabot hat einen Indianer mit einem abgerichteten Falken. Er ist wahrscheinlich auf dein Pferd abgerichtet und er wird dich mit dem Vogel immer und überall verfolgen können. Er folgt dir in einem Abstand von zwei oder drei Meilen, je nach Beschaffenheit des Geländes. Du wirst den Indianer wahrscheinlich nie sehen, aber der Vogel ist immer in deiner Nähe. Dieser Cabot kommt aus den Südstaaten. Ich kenne diese Art Menschen. Sie waren früher darauf spezialisiert Menschen zu fangen. Sie kennen viele Möglichkeiten. Sei auf der Hut. Ich werde auf die Miss aufpassen. Viel Glück."

Dann geht er durch eine Tür und ist weg.

Ann tritt dicht an ihn heran. Sie legt ihre Hände auf seine Brust und schaut ihn von unten an: „Komm bald wieder Ben, Cabot hat es auf mich und das Hotel abgesehen. Im Moment hat er noch zu viele andere Unternehmungen. Aber danach wird er nicht mehr lange warten."

Ben nimmt ihren Kopf in seine Hände und neigt sich hinunter und küsst sie auf den Mund: „Ich werde zurückkommen, du kannst darauf vertrauen!"

Er streicht ihr mit den Händen über die Haare, nimmt sie in den Arm.

Er löst sich von ihr und geht aus der Küche, aus dem Speiseraum nach oben in sein Zimmer. Dort packt er seine wenigen Sachen zusammen und läuft die Treppe hinunter hin zum Anmeldepult.

Fernandez steht an die Wand gelehnt und beobachtet ihn, wie er zum Pult geht. Er stößt sich ab und kommt auf Ben zu: „Wir haben die Regeln noch ein wenig geändert. Damit wir sicher sind, dass Sie auch wirklich wieder kommen, bleibt Ihr Appaloosa hier."

Fernandez sieht ihn mit Haifischaugen an und wartet auf eine Reaktion von Ben. Dieser dreht sich halb zu Fernandez hin und antwortet: „Gute Idee, hat mein Bruder auch einen solchen Appaloosa geritten?"

„Ja, das Pferd sah ihrem Pferd genauso ähnlich wie Sie Ihrem Bruder ähnlich sehen!"

Hart reagiert Ben: „Eben, deshalb ist es eine gute Idee, dann wird man mich nicht schon von Weitem für meinen Bruder halten. Versorgen Sie es gut Fernandez. Ich werde Sie persönlich für das Pferd verantwortlich machen wenn ich wieder komme. Es sei denn, Sie wollen das jetzt gleich klären!"

Fernandez Augen sprühen Funken aber er antwortet milde: „Ich werde Ihr Pferd wie mein eigenes hüten. So long!"

Damit dreht er sich um und geht zum Eingang. Im Türrahmen bleibt er stehen. Ben folgt ihm langsam mit seinem Gepäck. Er überprüft dabei die Ausrüstung. So viel er sehen kann ist alles vorhanden. Die Streichhölzer nimmt er aus den Satteltaschen und steckt sie in seine Felljacke. Er geht durch die Tür und will zu seinem Pferd.

„Sie haben noch etwas vergessen!"

Ben bleibt stehen und dreht seinen Kopf etwas. Er hat die Satteltaschen über seiner rechten Schulter und in der rechten Hand eine Winchester. Seine linke Hand hängt herunter, nahe dem Colt. Fernandez steht in der Tür und greift in seine Weste und wirft Ben etwas vor die Füße und spottet: „Natürlich wusste ich, dass Sie ein Sheriff sind. Bin gespannt was der Boss mit Ihnen macht, wenn Sie wieder kommen."

Er spuckt aus und geht zurück ins Hotel. Ben nimmt den Stern, dann sitzt er auf und lenkt seinen Braunen aus der Stadt in Richtung Snake River. Es ist auch ein edles Pferd, nicht so klasse wie sein Appaloosa, aber es könnte ein Cheyenne-Mustang mit Araberblut sein. Soviel hat er schon gesehen. Er wird das Pferd prüfen müssen um zu sehen in wie weit es belastbar ist, körperlich und nervlich.

Der Mond ist herausgekommen und der Weg ist gut sichtbar. Er denkt über die vergangenen zwei Tage nach. Es hätte schlimmer kommen können. Eigentlich ist es sogar für ihn relativ gut gelaufen. Er ist nicht wieder in die Fallgruben gelaufen, die sein Bruder immer wieder hinterlässt, jedenfalls ist er heil wieder herausgekommen. Wie jedes Mal bis jetzt. Seine Ausrüstung ist komplett und was weit besser ist, er hat Ann kennengelernt. Das war weit mehr als er erwartet hat. Trotzdem wird er jetzt jede Person die er trifft, ob weiß, rot, schwarz oder gelb für einen Schatten halten müssen, der hinter seinem Bruder her ist. Also auch eine Gefahr für ihn sein kann. Er wird bis zum Mittag weiterreiten und dann dem Pferd eine Pause gönnen und selber etwas schlafen.

Leichter Wind ist aufgekommen. Die trockenen Blätter wehen auf der Straße vor ihm her. Der Mond zeichnet bereits harte Schatten. Die Sterne funkeln wie Diamanten, die sich über den gesamten Himmel ziehen. Die Milchstraße ist gut zu erkennen. Die Herbststernbilder drehen sich schon in die Winterpositionen. Hin und wieder sieht er eine Sternschnuppe. Er riecht das Wasser vom Fluss und hört hin und wieder ein Klatschen, wenn das Wasser gegen einen Felsen, der mitten im Fluss steht, plätschert.

Der Boden ist schon gefroren und die Hufeisen seines Pferdes klappern auf dem Boden, auch wenn sie mit Spitzen versehen sind um im Winter besseren Halt für die Pferde zu geben.

Der weiße Gipfel des Hyndman Peak liegt links vor ihm und dient ihm als Anhaltspunkt. Das Weiß des Schnees ist schon sehr weit herunter in das Tal gekommen. In der Snake River Ebene kann man sich kaum verirren. Das Gelände ist fast eben oder leicht hügelig. Erst wenn er aus der Ebene herauskommt nach etwa zweihundertfünfzig Meilen und der Snake River einen ca. fünfundzwanzig Meilen langen Bogen nach Norden macht und dann nach Süden abbiegt, muss er sich neu orientieren. Auf der rechten Seite wird der Grand Teton auftauchen der noch höher als der Hyndman Peak ist, der dann schon weit hinter ihm liegt. Die Ortschaften Burley, Blackfoot und Rexburg liegen auf seinem Weg. Hier wird er nachforschen. Das ist der halbe Weg nach Bozeman, danach kommen die Rockys und damit wilde Gebirgslandschaft.

Vor ihm liegt Burley, aber bis Burley sind es gut hundertzwanzig Meilen, also eine Strecke von mindestens drei Tagen. Das ist sein nächstes Ziel.

Am Snake River angekommen, bleibt er stehen. Soll er auf der Westseite oder der Ostseite des Flusses bleiben. Er weiß nicht, auf welcher Seite des Flusses Burley und Blackfoot liegen. Er weiß nur, dass Rexburg nicht mehr am Snake River ist. Egal er bleibt auf der Westseite. Sollte er den Fluss überqueren müssen, dann wird es ein Fähre oder Furt geben.

So lenkt er seinen Braunen durch eine flache Stelle des Snake River und kommt wieder auf der Westseite an. Es ist Niedrigwasser und sein Pferd ist kaum bis an die Kniegelenke nass. Er steigt ab und trocknet die Beine seines Pferdes ab. Es ist frostig, wenn auch noch nicht sehr. Er reitet langsam weiter am Fluss entlang Richtung Norden. Morgen wird er mit Glück ein Paar Fische fangen, wenn er zum Mittag rastet.

Er kommt nun wieder in einsamere Gebiete und hört die Geräusche der Nacht. Käuzchen rufen und ein Fuchs jault seinen letzten Todesschrei. Er ist wohl einem Wolf vor die Nase gelaufen.

Der eine oder andere Vogel erwacht, wenn er vorbeireitet, singt kurz und schläft wieder ein. Oder die Vögel werden von ihm aufgeschreckt, flattern auf und setzen sich wieder in einen anderen Baum.

Sein Pferd trottet stetig unter ihm. Seine Fellmütze ist warm und sein Stetson hängt ihm an der Windschnur im Nacken. Er zieht seine Fellhandschuhe aus und klemmt sie sich unter die Oberschenkel, dann nimmt er seinen Tabaksbeutel aus der Jacke und beginnt sich zwei, drei Zigaretten zu drehen. Eine Zigarette steckt er sich an und packt die anderen beiden vorsichtig wieder zurück in den Beutel.

Walker ist sehr fleißig. Er läuft zum Fotografen und lässt das Bild auf zwölf Mal achtzehn Zoll vergrößern.

Während der Fotograf das Bild vergrößert, geht Walker zum Tischler und lässt einen passenden Rahmen anfertigen.

Beides wird er am frühen Nachmittag abholen können. Der Tischler besorgt auch das Glas für das Bild, sodass er sich nicht darum kümmern muss.

Danach eilt er in sein Büro, schließt den Schrank mit den Akten auf und holt die Liste der Personalien heraus. Er guckt, wer vor genau zehn Jahren seine Abschlussprüfung gemacht hat. Danach schaut er, wer von den Personen greifbar ist. Von den fünfzehn Praktikanten auf dem Bild sind zwölf hier im Hauptquartier stationiert. Glück muss man haben, denkt er sich. Wer ist greifbar? Er sieht den Dienstplan durch.

Immerhin acht seiner Männer. Drei sind sogar jetzt hier im Haus. Wie lange ist ihre Schicht? Wieder guckt er auf den Dienstplan: Bis abends zweiundzwanzig Uhr. Gut, er wird eventuell alle drei mit dem Bild aufsuchen. Wunderbar, dass er alle persönlich kennt. Er schließt die Unterlagen wieder in den Schrank ein.

Es ist Mittagszeit, so geht er in ein nahe gelegenes Restaurant zum Mittagessen.

Nach dem Essen wendet er sich wieder über die Straße dem Fotografen zu. Dieser hat das Bild bereits vergrößert und auf eine dünne Holzplatte aufgeklebt. Walker fragt nach einer Feder und Tinte. Der Fotograf reicht ihm den Gänsekiel in einem Tintenfass. Walker schreibt die Namen der Praktikanten auf das Bild. Nach kurzer Wartezeit, bis die Tinte trocken ist, packt der Fotograf das Bild in Papier ein und übergibt es Walker. Er bedankt sich und verlässt das Geschäft.

Mit dem Bild unter dem Arm geht er zum Tischler. Dieser zeigt ihm den Rahmen.

„Der Rahmen ist ja sogar dunkel lackiert, wie haben Sie das denn so schnell gemacht?"

Der Tischler lacht: „Das ist kein Kunststück Mr. Walker, die Leisten sind schon lackiert, ich brauche sie nur noch auf Länge und Gehrung zu schneiden und fertig ist der Rahmen. Das Glasschneiden beim Kollegen hat länger gedauert. Schnelligkeit ist keine Hexerei!"

Walker packt das Bild aus und passt es in den Rahmen. Es passt wie angegossen. Ihm wird gezeigt, wie er das Bild im Rahmen verankert und wie es später aufgehängt wird.

„Danke, Sie haben mir wirklich einen großen Gefallen erwiesen. Danke. Ich werde Sie weiter empfehlen. Auf Wiedersehen!"

„Ja, tun Sie das Mister Walker, tun Sie das. Auf Wiedersehen."

Walker geht mit dem eingewickelten Bild unter dem Arm wieder in sein Büro. Er bestellt die Ordonnanz zu sich und lässt einen der drei Kollegen in sein Büro kommen. Hal Needham ist der erfolgreichste von den zwölf Männern, die damals von der Ausbildungsakademie zu ihnen kam.

Heute ist er ein gestandener Mann und sehr erfolgreicher Town-Marschall. Er hat inzwischen den gleichen Rang wie Walker und sie kennen und vertrauen sich. Walker setzt ihn in Kenntnis. Dieser übernimmt es, die anderen Kollegen des Jahrganges zu informieren. Walker bedankt sich und lässt somit jetzt bildlich gesprochen den Fisch von der Angel.

Wenn das Bild erst bei den Kontrolleuren ist, dann ist nichts mehr rückgängig zu machen.

Hal Needham geht aus dem Büro und Walker lehnt sich zurück. Jetzt wird es spannend, wohin wird uns dieser Schachzug führen? Er hofft, dass der Schuss, den er jetzt bildlich gesprochen abgeschossen hat, direkt ins Schwarze trifft.

Er resümiert, was haben wir bis jetzt erreicht? Der Haftbefehl bzw. der Steckbrief gegen Ben ist aufgehoben, die Kontrollen überstanden und eine Schlinge für Morgan Wynn und Major Collier ausgelegt. Jetzt braucht er nur noch Nachricht von Ben, um die Schlinge zuzuziehen. Bis er Nachricht von Ben bekommt, gibt es in dieser Sache nichts mehr zu tun. Jetzt heißt es abwarten.

Bruce Cabot fährt mit einem Einspänner vor das Hotel von Ann McCrea. Ein schwarzer Hengst in dem bestimmt Araberblut fließt, zieht den Einspänner. Cabot steigt aus. Er ist wie immer elegant gekleidet. Er trägt einen Pelzmantel über dem Prinz Albert Rock, darunter eine Weste und darunter ein blütenweißes Rüschenhemd mit Samtschleife. Auf dem Kopf hat er einen steifen Hut mit Krempe. So betritt er das Hotel. Cabot geht direkt in den Speisesaal und setzt sich. Seinen Hut legt er auf den Tisch. Er hat den Stuhl etwas vom Tisch abgerückt und sitzt so etwas schräg zum Tisch. Als Ann auf ihn zu kommt, blickt er ihr entgegen.

Sie tritt an den Tisch und fragt: „Was darf ich Ihnen bringen, Mister Cabot?" Ihr Ton ist geschäftsmäßig.

„Miss Ann, ich bin wegen Ihnen gekommen. Ich habe Sie vor nicht allzu langer Zeit gefragt ob Sie mich heiraten wollen. Und ich habe Ihnen klar gemacht, dass ich immer bekomme was ich will. Bei Ihnen habe ich bisher eine Ausnahme gemacht. Ich habe Ihnen Zeit zum Überlegen gegeben. Heute wiederhole ich meine Bitte. Ich habe mich auch gefragt wie eine Frau, die so aussieht wie Sie und so erfolgreich dieses Hotel in diesem traurigen Ort führt, hierhergekommen ist und warum Sie hier geblieben ist. Je länger ich darüber nachdenke, desto sicherer bin ich, dass Sie etwas zu verbergen haben. Wahrscheinlich werden Sie sogar gesucht: Ich biete mich Ihnen an, Sie zu beschützen. Ich kann Ihnen ein Leben bieten ohne Arbeit. Wie lange wollen Sie, nur mit ihrem Nigger, das denn noch durchhalten?

Bis jetzt habe ich Sie auch in dieser Hinsicht unterstützt. Ich habe für meine Männer Ihre Hotelzimmer gemietet und meine Leute kommen zu Ihnen zum Essen. Das wird nicht so bleiben. Wenn ich von Ihnen nicht in allernächster Zeit eine definitiv positive Antwort erhalte, wird sich einiges ändern."

Cabot macht eine Pause und lässt die Worte nachschwingen. Dann fährt er fort: „Ich denke, ich habe mich klar ausgedrückt."

Er macht eine beschwichtigende Geste mit der Hand.

„Sehen Sie denn nicht die Chance, die ich Ihnen biete? Sie können mit mir groß werden. Aus diesem Nest werde ich eine richtige Stadt machen. Sie werden meine Königin sein. Also denken Sie nach. Denken Sie gut nach. Auf Wiedersehen Miss Ann."

Cabot steht auf, greift nach seinem Hut, macht eine leichte Verbeugung, setzt den Hut auf und marschiert aus dem Saal.

Schweigend sieht sie ihm nach. Durch Ann geht ein Ruck und sie kehrt in die Küche zurück. Sie sieht gerade noch, wie Abraham mit einer Flinte durch eine Tür verschwindet.

Dankbarkeit überkommt sie, über die Treue dieses Mannes. Sie weiß nicht warum er sich so für sie einsetzt. Alles was sie weiß ist, das er vor dem Krieg in den Südstaaten lebte. Über die Zeit in der sie ihn kennenlernte, will sie nicht weiter nachdenken. Das verdrängt sie. Raddampfer tauchen vor ihrem inneren Auge auf und Säle mit taghellen Kronleuchtern. Sie hört das Rattern von Glücksrädern. Sie sieht viele elegante Männer mit Geld vor ihrem Auge, die ihr den Hof gemacht hatten. Sie denkt an Ben. Diese Art Mann hat sie immer gesucht. Sie hat es sofort erkannt, das ist ein Mann von einer Qualität, so selten wie eine dicke Goldader in einem Claim. Sie wischt sich eine Träne aus dem Auge und damit diese Gedanken weg und stürzt sich trotzig in die Arbeit.

Ben hat vier Stunden geschlafen und ist schon wieder am Vormittag unterwegs, er hält sein Pferd an. Er sieht sich um.

Hier ist das Flussufer beiderseitig bewaldet. Auf beiden Seiten aber nur ca. einhundert Yards breit. Auf der Ostseite scheint er noch breiter zu sein. Auf dieser Seite ist das Ufer sehr flach und breit. Es ist ein Gleithang. Die vielen Schleifen die der Fluss macht, haben ihm auch den Namen eingebracht: Schlangenfluss, denn er windet sich wie ein Schlange durch die Landschaft, dieser 'Snake River'.

Es ist schon Mittag. Eigentlich sagt ihm seine Intuition weiterzureiten, aber er hat Hunger. Er beschließt, hier zu bleiben. Er steigt vom Pferd und führt es nach oben an den Waldrand. Weiter unten am Ufer liegt viel Holz, das vom

Fluss dort abgelagert wurde. Er geht und holt trockenes Holz hoch für ein Feuer. Er wirft es neben das Pferd und geht sofort wieder hinunter um weiteres Holz zu holen. So macht er es fünf Mal. Aus den Satteltaschen holt er etwas Moos und zündet es in einem kleinen Käfig aus ganz kleinen trockenen Zweigen mit einem Streichholz an. Er legt ein paar größere Hölzer darauf, geht zu seinem Pferd, beugt sich ein wenig herunter und löst etwas den Bauchgurt, er kommt wieder hoch.

Ein Pfeil saust auf ihn zu und nagelt ihn mit seinem Ärmel an den Baum. Gedankenschnell bricht Ben den Pfeil ab und kommt los. Gleichzeitig springt ein Indianer über ihm aus dem Baum und schlägt mit dem Gewehr nach ihm.

Ben ergreift die Winchester und zieht, während er sich zur Seite dreht, daran. Gleichzeitig tritt er dem Indianer unter die Gürtellinie. Dieser lässt das Gewehr los. Ben schlägt mit aller Kraft den Kolben auf den Arm des Mannes, hart unter der Schulter, direkt auf den Muskelansatz. Der Mann kommt hoch, wieder schlägt Ben mit aller Gewalt auf den anderen Arm. Beide Arme sind gelähmt.

Aus den Augenwinkeln sieht er den zweiten Indianer in zwanzig Yards Entfernung. Er kann mit dem Bogen nicht schießen, denn das Pferd und sein roter Bruder sind dazwischen.

Der erste Indianer greift nun mit dem Kopf an. Er will ihn Ben in den Bauch rammen, nun schlägt Ben mit dem Gewehrkolben auf das Bein, wieder auf den Muskelansatz. Das Bein knickt weg. Der Mann ist außer Gefecht gesetzt. Jetzt kann er endlich das Gewehr loslassen und zum Revolver greifen. Der zweite Indianer springt ihn an und drückt seinen linken Revolverarm mit seinem rechten Arm an den Baumstamm. Gleichzeitig will der Rote mit seiner linken Hand ein Messer in Ben stoßen. Ben gelingt es gerade noch seinen Arm dazwischen zu bekommen, das Messer fährt in den Baum. Ben spürt den Schnitt in seinen Arm. Aber das

Messer wurde mit so viel Schwung gestoßen, das es jetzt fest im Baum sitzt, der Indianer lässt das Messer aber nicht los. Ben stellt seinen Fuß hinter das Bein des Mannes und drückt ihn um.

Jetzt hat er seine Revolverhand frei mit der Waffe. Er zielt auf den am Boden liegenden zweiten Indianer. Sie sehen sich in die Augen. Ben tritt einen Schritt zurück.

„Steh' auf. Nimm deinen roten Bruder und verschwinde! Ich habe euch nichts getan, warum überfallt Ihr mich? Es sollte Frieden sein zwischen Weiß und Rot!"

Ben fühlt, wie das Blut an seinem linken Arm herunterläuft.

„Los geh', oder ich muss dich töten", schreit er den Indianer an.

Dieser springt auf, packt sich seinen roten Bruder auf die Schulter und zieht sich in den Wald zurück.

Ben beginnt mit sich zu schimpfen: „Ich hätte sie töten sollen. Jetzt habe ich überhaupt keine Sicherheit mehr."

Dann beruhigt er sich, denn er weiß, die Indianer haben in der nächsten Zeit genug mit sich selbst zu tun.

Er öffnet seine Jacke und zieht sie aus. Nun sieht er sich seinen Unterarm an. Nicht gefährlich, der Schmerz ist auch noch nicht gekommen. Er geht an sein Pferd und öffnet die Satteltaschen. Jetzt wird sich herausstellen, wie gut die Ausrüstung ist. Er findet tatsächlich eine flache Flasche Whisky und einen Stofflappen. Er reißt den Stoff in Streifen. Dann gießt er etwas Whisky auf die Wunde und trinkt selber einen Schluck, stellt die Flasche zur Seite und nimmt einen dünnen Lederriemen und bindet den Stoff fest um seinen Unterarm.

Er wischt den Ärmel der Pelzjacke aus und zieht sie vorsichtig wieder an. Er setzt sich an den Baum, schräg über ihm ragt noch das Messer aus dem Stamm. Eigentlich wollte er hier in Ruhe Mittag machen. Ein paar Fische fangen.

Er zieht seinen Colt aus dem Holster und untersucht ihn, dann nimmt er die Patronen heraus und probiert die Funktion der Waffe. Er wird ihn gleich ölen. Das ist für die Funktion wichtig. Okay alles in Ordnung denkt er und laut sagt er: „Und das alles nur wegen eines Drecksackes von Banditen!"

„Warum sagst du das von mir? Was ist mit dir los! Fängst du an alt zu werden, dass du mit dir selber sprichst? Sieh mich an, ich bin es, dein Bruder! Haben wir nicht zusammen mit den Kätzchen damals gespielt? Wir sind Brüder!"

Ben blickt auf. Ja, da steht sein Bruder. Das ist ihm schon so oft passiert, wieso versagt seine Intuition bei seinem Bruder? Er wischt den Gedanken zur Seite und blockt ab: „Nein, du bist nicht mein Bruder, obwohl du so aussiehst"

Morgan lächelt und zeigt sein Zähne. Er ist teuer eingekleidet. Ein Wildlederanzug und eine teure Pelzjacke mit Mütze. Nur sein Revolvergurt ist alt und glatt. Seine Stiefel sind neu, teilweise punziert, glänzen und haben einen Pelzschaft.

„Nun, Ben, du bist so leicht auszurechnen. Ich wusste, dass du hier lang kommen würdest. Aber lass doch deinen kindischen Groll, ich freute mich auf unser Zusammentreffen und nun beginnst du es zu zerstören. Mach es nicht kaputt."

„Nun, gut. Du bist hier. Was willst du mir sagen?"

Morgan lächelt noch immer: „Gut hast du dich geschlagen aber guck dich an, wie fad du aussiehst und streng, du hättest besser Richter werden sollen, denn niemand darf dir dann widersprechen, nicht? Ja, da würdest du mehr Eindruck machen."

Ben hört zu und sagt nichts.

„Ja, aber so warst du schon immer, brav und anständig und immer schön wie man sein soll. Du als Marschall, immer schön die Staatsmacht im Rücken, denn niemand soll deine Größe in Zweifel ziehen."

Nun reagiert Ben: „Warum hast du gemordet? Das war doch überhaupt nicht nötig!"

„Nun denn, welchen Mord meinst du?"

Ben greift in seine obere Jackentasche und holt eine Zigarre heraus, er beißt das Ende ab und spukt es nach vorne von sich in das Feuer. Er hat seinen Revolver auf den Boden neben sich gelegt und denkt: „Ja, der Revolver ist leer und ich bin angekratzt, das hat er wieder gut hinbekommen."

Gemächlich zündet er die Zigarre an. „Ich meine den Mord an Bankdirektor Howard Keel."

Nach einer Pause, nachdem Morgan nicht reagiert, spricht er weiter: „Und auch den Stallknecht von der Snake River Ranch, wo du den Appaloosa gestohlen hast."

Morgan wartet weiter ab.

Ben zeigt mit der Zigarre auf ihn.

„Du bist an den Mord vom Bankdirektor verwickelt, selbst wenn du es nicht selber gewesen sein solltest."

„Gib mir auch eine Zigarre", reagiert Morgan.

Ben ignoriert die Forderung, denn er weiß, dass man Sympathie für jemanden empfindet, dem man etwas gegeben hat. Er will keine Sympathie empfinden. Nicht mit ihm.

„Ich werde dich jetzt warnen. Ich mache dir einen Vorschlag. Du kannst ihn nicht wirklich ablehnen."

Der Marschall lächelt ihn zuversichtlich an: „Sag, wie ist es eigentlich auf dem Weg des Bösen. Fühlst du dich da wohl?"

Morgan lehnt sich zurück an den Baum an den er sich gesetzt hat.

„Geht das schon wieder los? Wir waren uns schon damals nicht darin einig. Ich wurde im Laufe der Jahre nur in meiner Meinung bestärkt. Böse, ha, das ich nicht lache. Ich bin nicht böse, ich bin realistisch. Denn es ist einfach, ganz einfach. Das Leben ist einfach und macht Spaß. Nicht so unfreundlich und grau, langweilig und hart wie bei dir!"

Ben kontert und legt ein Holzscheit in das Feuer: „Ich bin auf dem Weg des Guten, der manchmal hart und beschwerlich und auch gefährlich ist. Meinst du mit deinem Durchschlängeln kommst du schneller voran?"

Morgan ignoriert es und fordert wieder: „Gib mir eine von deinen Zigarren, du rauchst mir hier was vor und lässt mich schmoren, du bist doch der Böse hier!"

Ben nimmt genüsslich einen Zug von der Zigarre, dann zeigt er wieder mit der Zigarre auf Morgan:" Ist es nicht sehr, sehr ermüdend immer alles falsch zu machen, immer wieder auf der Flucht, immer wieder Schatten auf der Fährte zu fürchten oder sie beseitigen zu müssen?"

„Gib mir jetzt eine Zigarre, Ben!"

„Nein, du bist nicht mein Bruder, du bist der Feind! Du hast damals das Mädchen umgebracht. Das vergesse ich dir nie. Du kannst zu deinem Pferd gehen und dir selber eine von deinen Zigarren holen, wenn du den Mut hast!"

Morgans Gesicht wird rot: „Scheißkerl!"

Ben zuckt mit der Schulter: „Wie du meinst! *du* kannst mich nicht provozieren, du nicht."

Morgan sieht ihn mit Haifischaugen an: „Also gut, zurück zum Thema. Es wird mit dem Älterwerden immer leichter, man lernt dazu und wird immer eleganter. Nun beginnt der Spaß erst richtig. Das musst du doch auch merken. Du verfolgst mich. Du läufst von einem Problem in das andere und hast keine Beweise, nichts!"

Morgen macht eine unterstreichende Handgeste.

Ben reagiert: „Aber du hast doch Probleme! Erzähl mir nichts!"

Morgan kontert: „Ja, die gleichen, wie du. Du verfolgst mich und ich mache dir das Leben interessanter durch einige meiner Einlagen. So ziehen wir am gleichen Lasso, nicht?!"

Er lehnt sich vor und grinst Ben an. „Natürlich weiß ich, dass du mich verfolgst und auch wegen irgendeines Hirngespinstes deinerseits. Guck mich an, ich habe hunderttausende von Dollars und du? Ein kärgliches Sheriffgehalt. Irgendwann in nicht allzu weiter Ferne wirst du *zu* langsam ziehen oder was noch schlimmer ist: du wirst abgeschoben, weil du körperlich nicht mehr kannst und dann bist du auf die Gnade deiner Freunde angewiesen. Die dich dann wahrscheinlich nicht mehr kennen wollen. Ich werde dann in Saus und Braus leben. Weißt du was, du tust mir leid."

„Howard Keel, warum musste er sterben? Hat er dich um Anteile betrogen oder war er nur einfach im Weg? Und warum den Stallknecht, der war doch nun wirklich nicht deine Kragenweite?"

„Fragen, Fragen. Deine Fragen kann ich nicht beantworten, denn sie gehen mich nichts an. Ich war in Valoras Puff und habe mit nackten Frauen Spaß gehabt."

„Du hast, wie ich schon sagte, Howard Keel umbringen lassen oder es sogar selber getan und dann auch noch feige aus der Distanz mit einem weittragenden Gewehr, deswegen warst du auch so schnell weg. Du warst außerhalb der Bank und du hast die Beute in Empfang genommen und drei von deinen nun unnütz gewordenen Kumpanen über den Haufen geschossen. Dadurch konnten wir die anderen fangen und du konntest ungehindert verschwinden. Ich gebe zu, dass ich es noch nicht beweisen kann, aber ich werde dich überführen. Dich umgibt die stickige Luft eines Banditen, schleimig und trübe. Du bist einfach nur teuflisch."

Morgan beginnt zu kichern. „Du wirst doch jetzt nicht biblisch, oder willst du auch noch den Prediger an mir versuchen, das hat schon früher nicht gezogen. Woher hast du das eigentlich?"

„Ich denke, jeder redliche Mensch hat das in sich! Jeder weiß intuitiv was gut und was teuflisch ist."

Morgan steht auf: „Ich hole mir jetzt Zigarren aus meiner Satteltasche und komme wieder, aber nur wenn du mir versprichst nicht auf mich zu schießen oder mich zu bedrohen, wenn ich wieder komme. Sag Ja, oder nicke einfach nur!"

Morgan steht nun mit dem Rücken am Baum und wartet.

Ben sieht ihn eine Weile abschätzend an. Dann reagiert er: „Okay" und nickt.

„Aber, ich warne dich noch einmal, ich werde dich fangen. Geh' nur, denn du hast ohnehin nicht die Spur einer Chance."

Ben hat noch seinen leeren Colt neben sich liegen. Er hält seine Hände so, dass sie nicht in die Nähe seiner Waffe kommen.

Morgan dreht sich um, geht zu seinem Pferd und kommt mit einer Zigarre wieder. „Vielleicht wird es wirklich mal wieder Zeit das wir gegeneinander kämpfen. Du hast ohnehin immer versagt, oder soll ich sagen verloren. Auch deine Gesetze werden dir da nicht helfen. Im Gegenteil ich warne dich. Ich werde dich fertig machen, in den Boden stampfen, ich werde dich lächerlich machen, dass du bei deinem Job keinen Fuß mehr an den Boden bekommst. Du hast schon bei unseren Eltern verloren und das wird sich bis an dein Ende so weiterziehen. Du hast einfach keinen Mut, deshalb bist du auch in den relativ sicheren Beruf des Sheriffs geflüchtet, anstatt die Welt zu erobern. Ich bin ein mächtiger Mann mit allen Möglichkeiten. Eigentlich bist du gar kein Gegner für mich."

Morgan setzte sich und zündete sich die Zigarre an, dann wirft er das Streichholz ins Feuer, das zwischen ihm und dem Sheriff brennt. Auch Ben wirft wieder einen Holzscheit ins Feuer und antwortet: „Was ist mit dem Stallknecht, der war doch auch kein Gegner für dich? Aber das ist deine Meinung, ich sehe das ganz anders."

Ben zieht an der Zigarre: „Ich denke, wir sind zurzeit etwa gleich stark. Mir hilft kein Deputy und dir keiner von Deinen Banditen. Aber ich werde stärker sein. Das Gute ist immer stärker! Von dir wird nichts bleiben."

Ben sieht seinen Bruder scharf an. Dieser hat sich wieder an den Baum gelehnt und die Zigarre zwischen den Zähnen.

Das Gesicht seines Bruders verzieht sich. Aber nur die eine Seite, sie hängt auf einmal herunter. Die Zähne lösen sich ein wenig und die Zigarre hängt ebenfalls herunter. Er sieht wie sein Bruder zwei dreimal mit der Hand an der Zigarre vorbei greift. Dann, wie Spuk, ist alles vorbei. Das Gesicht ist wieder normal. Morgan sieht ihn wieder an und greift nach der Zigarre.

„Willst du mir Angst machen? Sterben werden wir sowieso. Ich vielleicht im Kampf und du wahrscheinlich alt und krank auf einem Armenlager. Gibt dir das nicht zu denken?"

Morgan zieht an seiner Zigarre und blickt dem Rauch nach: „Du hast keine Ahnung was ich alles auf die Beine stellen kann und schneller als du denkst. Vor allem schneller als euer Apparat es kann. Wo sind deine Zeugen, hast du welche? Deine Kollegen, kannst du dich noch auf sie verlassen? Vielleicht sind sie schon auf meiner Lohnliste, vielleicht. Ich sage nicht dass es so ist."

Ben sieht ihn nachdenklich an: „Ich kann mich immer auf *meine* Leute verlassen und sie sich auf mich. Deine Leute können sich nicht auf dich verlassen und deshalb kannst du dich auch nicht auf sie verlassen. Ich mache dir einen Vorschlag: Gib einige kleine Taten zu, für drei Jahre Gefängnis. Ich würde mich damit begnügen. Ansonsten müsste ich dich vernichten, was ich nicht wirklich will! Wir können es wie Gentleman regeln."

„Benni, Benni. *Du* würdest mir trauen? Ich habe es mir schon gleich gedacht. Es ist für dich eine persönliche Sache. Und überhaupt, wenn ich mich auf sowas einlasse, will ich erst einmal wissen wie ernst meine Lage ist. Also sag mir, was hast du gegen mich in der Hand?"

„Wir haben deine überlebenden Kumpane aus dem Banküberfall. Sie werden gegen dich aussagen, wenn sie hören, dass du sie reingelegt hast. Die Person, die die Schüsse auf Howard Keel abgegeben hat, hat einen groben Fehler gemacht. Es gibt noch ein paar Hinweise, die alle auf dich deuten und je länger ich und meine Kollegen graben, desto mehr werden wir finden. Ich bin Jäger und Sammler. Wenn ich genug gesammelt habe werde ich zum Jäger. Du bist erledigt!"

Morgan lächelt mitleidig.

Ben blickt ihn ernst an: „In zwei bis drei Wochen habe ich dich, Morgan."

„Komisch, genau diese Zeit hatte ich auch im Kopf, dann habe ich dich auf deine wirkliche Größe zurechtgestutzt. Und wenn ich mit dir fertig bin, dann kaufe ich eine Ranch für einhunderttausend Dollar oder vielleicht zweihunderttausend und setzte mich zur Ruhe. Du kannst dich dann in das Loch verkriechen aus dem du gekommen bist."

Ben flüstert es fast: „Innerhalb dieser Zeit habe ich dich und dann gibt es kein Entrinnen mehr."

Morgan wirft seine Zigarre ins Feuer: „Ich werde dich wieder da haben, wo du schon als Kind warst, in der Ecke stehend und sich mit Tränen besabbernd."

Morgan steht abrupt auf und schreitet rückwärts zu seinem Tier. Er tritt hinter das Tier und wird so vom Pferd abgedeckt. Dann führt er es in den Wald, bis er aus dem Blickfeld ist, schwingt sich in den Sattel und reitet davon.

Ben sitzt noch eine Weile am Baum und denkt über das Gesicht seines Bruders nach. Was war das denn? Er lädt gedankenverloren seinen Revolver und steckt ihn in das Holster. Das Ölen hat er bereits vergessen. Morgan hatte einen Moment lang überhaupt keine Gewalt über seine Hand und hat es wahrscheinlich überhaupt nicht gemerkt. Wenn er in Burley ist und es dort einen Arzt gibt, wird er ihn befragen.

Über ihm schreit ein Falke und kreist hoch oben im Himmelsblau. Aha, denkt Ben, du sorgst dafür dass ich dich nicht vergesse.

„Dich ziehe ich aus dem Verkehr wenn ich in Burley bin, bin mal gespannt was der Verfolgungskollege Indianer dann macht", murmelt er und grinst.

Er steht auf und geht zum Feuer. Es glimmt und qualmt. Er legt neue Äste auf und bringt das Feuer in Gang. Dann geht er zum Fluss und holt Wasser. Er stellt seinen kleinen Topf ins Feuer und wartet bis das Wasser kocht.

In der Zwischenzeit nimmt er Kaffeebohnen aus einem kleinen Beutel und zerschlägt sie vorsichtig auf einem flachen Stein mit seinem Revolvergriff. Als das Wasser kocht, schüttet er die Bohnensplitter in das Wasser und wartet. Bald ist der Kaffee fertig und er isst dazu Trockenfleisch aus der Satteltasche. Es ist Mittag und er fühlt sich besser und ruhiger.

Eins ist ihm inzwischen klar; eigentlich braucht er seinen Bruder gar nicht zu suchen. Denn er wird ihm wieder auflauern. Aber diesmal wird es ein tödliches Spiel werden. Natürlich tödlich für ihn, Ben, so hat es wohl sein Bruder beschlossen. Ben lächelt bitter und denkt, ich kann auch anders. Bald ist er fertig mit Essen, löscht das Feuer und packt die Sachen wieder in seine Satteltaschen.

Sein Pferd hat sich auch ausgeruht und hat eine Stelle Grases leer gefressen. Ein Zeichen für jeden Trapper, dass hier jemand gerastet hat. Was soll es, denkt er, ich werde ja nicht verfolgt. Nur von dem Indianer und der weiß auch so wo ich bin.

Ben reitet langsam weiter am Ufer entlang. Rechts von ihm liegt ein Bergrücken der sich bis ans Wasser zieht. Er ist bewaldet und auch auf seiner Seite des Flusses wird der Wald breiter und dichter. Er reitet weiter und bald ist es zu einem unüberschaubaren Waldgebiet geworden. Er reitet langsam und hört auf die Natur. Die Vögel singen und am Ufer hüpfen Raben und ein Geier herum. Es droht keine Gefahr. Der Geier und die Raben wären sofort aufgeflogen und die Vögel wären still. Er sieht nach oben, kann aber keinen Falken erkennen.

Jetzt bricht die Uferwand ab. Er muss sich entscheiden ob er unten am Fluss weiterreiten will oder er muss oben durch den Wald am Hangbruch. Er bleibt stehen und stützt sich auf sein Sattelhorn. Oben sieht es sehr steil aus und unten das Ufer ist mindestens fünfzig Fuß breit. Ein breites Sandufer. Hin und wieder liegen hier verstreut Felsen. Der Boden wurde weggespült, aber Felsen und Bäume, die im herab rutschenden Boden lagen, blieben liegen. Mit einem leichten Schenkeldruck geht das Pferd weiter. Er beschließt, dass er unten am Ufer bleibt. Der Fluss macht nun einen Bogen um den Bergrücken herum. Ben reitet langsam weiter. Das Ufer bleibt breit und es geht gut voran. Er reitet nun näher am Wasser und der eine Geier fliegt auf und setzt sich wieder ein Stück weiter. Manche Raben hüpfen auch nur zur Seite.

Es wird Nachmittag und er reitet stetig nach Norden. Die Sonne steht links schräg hinter ihm und wird bald hinter den leichten Hügeln untergehen. Dann wird es kälter werden. Die Sonne steht schon sehr tief. Nach zwei Zigaretten die er sich dreht, sieht er wie der Berghang auf der anderen Seite des Flusses sich verändert. Er reitet weiter und erkennt, dass auf der anderen Seite der Hang bis fast zur Bergspitze abgeholzt wurde. Noch steht der Wald links und rechts des Flusses fast bis zum Ufer. Dann tritt der Wald zurück.

Der Berghang besteht nur noch aus Felsen. Der Boden wurde vom Regen weggespült. Eine Stein und Felsenwüste. Die Hangkante auf seiner Seite ist jetzt ca. fünf Yards hoch. Hier stehen die Bäume schräg und drohen herunterzustürzen.

Er hat jetzt das Geröllfeld erreicht. Er zügelt das Pferd. Sein Instinkt sagt ihm Gefahr. Er hört keine Vögel mehr. Am Ufer sind keine Geier und Raben. Es ist still, viel zu still. Als er den Sonnenreflex hinter einem Felsen auf der anderen Seite sieht, lässt er sich auch schon vom Pferd fallen. Ein

Schuss peitscht. Dann rattert es, von unzähligen Schüssen, los. Viele Gewehre werden abgeschossen. Ben springt und wirft sich zwischen zwei Felsen.

Um ihn herum schlagen die Kugeln in die Felsen ein. Er liegt zwischen zwei Steinklötzen kann aber nichts sehen. Er befürchtet, wenn er den Kopf hebt werden sie ihn sehen. Den Hut hat er schon abgenommen.

Er versucht etwas zu sehen, aber die Schüsse die in die Felsen schlagen, sprengen kleine Splitter heraus und springen ihm ins Gesicht. Er will sich drehen, aber auch von der anderen Seite sprengen die Kugeln Splitter aus den Felsen. Querschläger surren über ihn weg. Sie haben ihn in der Zange. Keine Chance, er kann nur noch sein Haut so teuer wie möglich verkaufen!

Immer wieder reißen die Splitter kleine Schrammen in sein Gesicht. Seine Augen tränen, er sieht verschwommen eine Gestalt, er kommt hoch und schießt, sieht das er getroffen hat und dann schlägt es bei ihm ein und noch einmal. Er fällt auf den Rücken, sein Körper gehorcht ihm nicht mehr, aber er ist überhellwach.

Nun scheint sich alles zu verlangsamen. Von beiden Seiten kommt je ein Mann um den Felsen herum. In der linken Hand tragen sie ein Gewehr am Lauf. Die rechte Revolverhand schwebt über dem Revolver. Ihre Schritte sind langsam, die Zeit dehnt sich weiter. Er sieht wie die Hände zu dem Revolver greifen und sie ganz langsam aus dem Holster gezogen werden, die Daumen ziehen den Hammer zurück.

Er sieht wie aus ihren Herzen Pfeilspitzen heraustreten und immer weiter aus dem Körper kommen, die Schüssen lösen sich und fahren vor den Männern in den Boden. Die Männer fallen. - Dann kommt der Schmerz und schlägt bei ihm ein. Alles bewegt sich wieder normal schnell. Er schreit auf und fällt dann in ein unergründliches Dunkel.

Ben kämpft sich aus dem Dunkel, er hört wie er stöhnt und spricht, sieht ein Gesicht, hört Trommeln und den Gesang heheeejahee-eoh, dann fällt er wieder ins Dunkel.

Wieder kommt er hoch und hört die Stimme einer Frau. Er kann nicht klar denken. Er sieht das Gesicht und fällt wieder ins Dunkel.

Er kommt hoch und fühlt die Berührung in seinem Gesicht und kann das Gesicht der Frau erkennen. Sie spricht zu ihm: „Der große Geist ist mit dir. Höre auf meine Stimme. Der große Geist trägt dich. Lass dich von ihm tragen."

Wieder hört er heheeeja heheeja-eoh. Die Trommeln verstummen und er kommt zu sich. Einen Moment ist er völlig klar und versteht alles. Die Frau ist eine Indianerin. Sie ist eine Zauberfrau und spricht leise und sanft zu ihm: „Du wirst gesund, hülle dich mit diesem Gedanken ein, bekleide deinen Geist damit. Jetzt wirst du wieder schlafen."

Ben wiederholt wie hypnotisiert und murmelt: „Ich werde gesund."

Dann schläft er wieder ein. Er träumt wild und kämpft. Aber er erwacht nicht. Irgendwann wird er ruhiger und schläft tief und fest. Als er wach wird, fühlt er sich besser und öffnet die Augen.

Zum ersten Mal kann er einen klaren Gedanken fassen und erkennt wo er ist. Er liegt in einem Indianerzelt und er sieht die Frau, die er irgendwie in seinen wilden Phantasien gesehen hat.

Das Zelt ist sehr groß und es ist warm. Seine Sicht wird klarer und er schaut sich die Frau genauer an. Sie ist sehr groß und strahlt eine starke, klare aber liebevolle Autorität aus.

Sie dreht sich um und sieht ihm ins Gesicht. Er will was sagen, aber seine Stimme ist nur ein Krächzen und sie versagt. Die Frau tritt an ihn heran und gibt ihm vorsichtig etwas zu trinken. Er trinkt gierig und fühlt sich danach sofort noch ein Stück besser. Wieder versucht er zu fragen: „Wie lange liege ich hier?"

Schlagartig wird ihm bewusst, dass sie ihn vielleicht nicht versteht. Aber die Frau setzt sich zu ihm und antwortet mit einer leisen aber eindringlichen Stimme.

„Du bist seit zwei Sonnen und zwei Monden hier."

Sie wartet, denn sie scheint zu ahnen, dass Ben gleich die nächste Frage stellen wird. Ben richtet sich auf und sie lässt es geschehen. Dann sieht er an seinem nackten Oberkörper herunter und erkennt zwei Kugelnarben. Ungläubig schaut er sie an: „Wie kann es sein, dass die Wunden nach zwei Tagen verheilt sind?"

Ein kleines Lächeln huscht über ihr Gesicht, aber dann schaut sie ihn durchdringend an und erkennt, dass er einfach aus Interesse fragt ohne Hintergedanken. Sie antwortet sanft: „Die weißen Brüder haben auch einen Gott, aber es fällt Ihnen schon unglaublich schwer, Ihn als Geist und nicht als Person zu sehen. Man kann den großen Geist nicht auf eine Person beschränken. Er ist unbeschränkt und überall. Manitu ist der große Geist der alles durchdringt. Er ist das Leben in jeder Pflanze, in jedem Grashalm, in jedem Tier und in jedem Menschen. Daher ist der Wald, die Tiere und das Wasser unsere Religion. Bei uns gehört Manitu zum täglichen Leben. Deswegen verehren wir die Tiere, denn jedes repräsentiert einen Aspektes Manitus, das gleiche gilt für die Pflanzen."

Sie macht eine kleine Pause, dann spricht sie weiter: „Aber die Menschen können sich direkt mit dem großen Geist verbinden und die Lebenskraft erhöhen. Ich habe mich mit ihm verbunden und dann habe ich mich mit dir in deinem Wesenskern, dem Großen Geist in dir, verbunden. Du würdest vielleicht sagen, auf der Ebene des Geistes."

Wieder schweigt sie. Dann fährt sie mit einem Lächeln fort: „Du solltest nun etwas essen und noch mehr trinken.

Dann kannst du noch schlafen bis die Sonne erwacht. Dann wirst Du reiten."

Ihre Stimme bleibt ruhig, aber sie bekommt eine Eindringlichkeit, dass keine Widerrede aufkommen kann.

„Dein Pferd ist tot, aber unsere Brüder haben Pferde mitgenommen. Eines wird für dich sein."

Das Fell am Eingang wird zurückgeschlagen und eine weitere Frau tritt ein. Sie schweigt und legt vor Ben Essen und Wasser in einem Holzbecher hin. Dann wendet sie sich um und geht wieder hinaus. Die Zauberfrau verlässt auch das Zelt. Sie geht mit einer natürlichen Würde.

Ben beginnt vorsichtig sich zu bewegen. Er prüft seinen Körper. Alles scheint in Ordnung zu sein. War alles nur ein Traum? Wie ist er hierhergekommen. Wo genau ist er eigentlich? Langsam kommt sein Verstand wieder in Gang. Waren seine Sachen noch da? Ben steht auf und macht ein paar Kniebeugen. Alles ist gut. Ein wenig kommt er ins Schwitzen.

„Okay, " denkt er: „Morgen ist alles besser."

Wieder klappt das Fell an der Tür zurück und die Indianerin, die ihm das Essen brachte, bringt nun ein Hemd, eine Wildlederjacke und auch seine Felljacke. Das Hemd ist aus seinen Satteltaschen, die Wildlederjacke ist ein Geschenk der Indianer. Dieses Geschenk ist nicht zu unterschätzen. Er weiß, dass die Indianerfrauen lange an einem Stück Leder kauen bis es endlich so weich ist. Seine dicke Felljacke ist gereinigt.

Die Indianerin geht wieder schweigend hinaus. Schnell zieht sich Ben die Sachen, bis auf die dicke Felljacke, an. Er hockt sich hin wie ein Cowboy und beginnt mit dem Essen. Es ist kräftig und es schmeckt ihm.

Er isst langsam und kaut es gut. Als er mit dem Essen fertig ist, steht er auf und tritt vor das Zelt. Der kühle Abendwind umweht seinen Kopf. Ihm fröstelt ein wenig, das

Leben hat ihn wieder. Der tiefe Frieden, den er eben noch empfand, löst sich langsam im Nachtwind auf.

Zwei Krieger treten auf ihn zu. Er erschrickt ein wenig, ohne Waffe fühlt er sich nicht richtig komplett. Er kennt die beiden. Sie hatten ihn am Fluss überfallen und er hatte sie in die Flucht geschlagen. Die beiden Krieger heben die Hand. Einer spricht ihn an: „Dein Leben für mein Leben!" Auch der andere Krieger schaut ihn mit glitzernden Augen an und wiederholt: „Dein Leben für mein Leben." Dann gehen beide weiter.

Ben begreift langsam. Diese beiden Krieger haben ihn gerettet, weil sie sich ich seiner Schuld fühlten. Weil er sie nicht getötet hatte, sondern laufen ließ. Er erinnert sich wieder an seine letzten Bilder, bevor er ins Dunkel fiel. Die beiden Pfeile die aus der Brust der Banditen herauskamen. Diese beiden Krieger hatten für ihn gekämpft. Sie konnten diese Schmach nicht auf sich sitzen lassen. Aber anstatt noch einmal mit ihm zu kämpfen haben sie ihn gerettet und hier ins Lager zu ihrer Heilerin gebracht.

Nun, er war noch immer hinter seinem Bruder her und hatte bisher zwei Tage verloren, morgen wären es drei. Die Spur war noch warm. Er würde sie morgen wieder aufnehmen. Er wird direkt nach Burley reiten, wahrscheinlich ist sein Bruder dort. Automatisch schaut er nach oben, aber es ist schon zu dunkel und er kann keinen Falken erkennen.

Wer weiß, denkt er: Vielleicht fliegen Falken nicht in der Dunkelheit. Er tritt zurück ins Zelt. Legt sich auf das Lager und schläft sofort ein.

Ben wird früh wach, er richtet sich auf und zieht seine Kleidung an. Etwas Essen steht an seinem Lager. Im Zelt ist es nicht mehr richtig warm aber auch noch nicht wirklich kalt. Er beginnt mit dem Essen, denn er weiß, wenn er jetzt etwas isst, braucht er nicht so schnell Rast zu machen.

Auf dem Schaffell im Schneidersitz sitzend zieht er seine Fellstiefel an und ist bereit. Es ist noch dunkel als er vor das Zelt tritt und es wird auch noch ein paar Stunden dauern bis die Sonne aufgeht.

Er sieht gerade noch die Indianerin, die ihm das Essen brachte, weggehen. Vor dem Zelt ist ein Pferd angebunden, wahrscheinlich eines von den Banditen, die von den beiden Kriegern erschossen wurden. Wer weiß, vielleicht haben sie noch mehr von den Leuten seines Bruders erschossen. Er wird es wahrscheinlich nie erfahren.

Seine Gedanken kehren wieder zum Pferd zurück. Es scheint ein gutes Pferd zu sein. Es ist aber sein Sattelzeug und sein Sattel. Auch seine Satteltaschen hängen über dem Pferd. Die Waffen liegen bei den Sachen, die Gewehre sind in den Scabbards am Pferd. Alles ist da.

Er schaut nach vorne und sieht die Zauberfrau. Sie steht still in der Morgenfrühe. Ihre Haltung ist gerade und stolz. Wie immer trägt sie Ihr langes Wildlederkleid. Das Leder ist so hell, dass es fast weiß aussieht. Ihr schwarzes Haar ist geknotet und es steckt schräg eine große schwarzweiße Feder darin, die Ihr fast auf der Schulter liegt. Um Ihren Hals hat sie nur eine schlichte Lederschnur mit einem kleinen Beutel ihrer Medizin.

Er will noch zu ihr hin und sich bedanken, aber er fühlt einen fast körperlichen leichten Schlag in sich. Er begreift sie will es nicht. Es gibt nichts mehr zu sagen. Sie macht das Zeichen des Friedens und Ben antwortet mit dem gleichen Handzeichen.

Er besteigt sein Pferd und fragt sich wo soll er jetzt hin? Er weiß er muss nach Norden, aber wo genau war er jetzt. Wo ist der Fluss dem er folgen will? Der Himmel ist dunkel und von Wolken bedeckt.

Nun fühlt er in sich eine Richtung und schlägt diese intuitiv ein. Langsam reitet er aus dem Dorf. Einige bellende Hunde begleiten ihn, bleiben dann aber zurück. Sein Blick fällt nach rechts vorne wie zufällig auf ein Reh.

Wieder fühlt er links etwas und schaut in diese Richtung. Er sieht Hasen in der Hocke. Ben merkt ein völlig neues Gefühl in sich. Er spürt die Natur. Er spürt die Tiere.

Er riecht das Wasser des Flusses und seine ganze innere Natur beginnt sich mit dem Wald und den Tieren zu verbinden. Es gibt auf einmal keinen Zweifel mehr in welche Richtung er muss. Er weiß auf einmal wo der Fluss ist. Die Welt beginnt sich in ihm zu entfalten. Er sieht ein Streifenhörnchen, das noch nicht im Winterschlaf ist, das durch die Bäume huscht und schon aktiv ist. Alles ist voller Leben. Vorher musste er sich auf die Natur um ihn herum konzentrieren, nun beginnt er mit ihr zu verwachsen. An dem kleinen Wasserlauf sieht er Indianerinnen. Sie waschen und lachen. Er fühlt nun auch Indianer die er nicht wirklich sieht aber weiß, dass sie da sind und hebt die Hand zum Zeichen des Friedens. Auch fühlt er, dass ihm keine Gefahr von ihnen droht. Der Wald hat ihn als Teil von sich aufgenommen. Er ist kein Fremdkörper mehr.

Ben reitet auf einem ziemlich hohen Bergrücken. Es ist schon sehr kalt, aber noch kein Frost. Der Tag bricht langsam an und es wird ein schöner Tag. Die Wolken haben sich verzogen. Die Sonne kommt langsam hinter den Bergrücken empor. Der Himmel ist hell und klar. Das Blau des Himmels leuchtet. Ben sieht in den Himmel. Er ist leer. Noch ist kein Vogel zu sehen. Die letzten Geier, die noch nicht weiter nach Süden geflogen sind, trocknen noch von der Nacht ihr Gefieder in der Sonne. Sie sind noch nicht flugbereit. Bens Verstand sagt ihm jetzt, dass er in die richtige Richtung reitet und seine Intuition ihn richtig geleitet hat. Natürlich sind die Himmelsrichtungen nun klar zu erkennen. Jetzt hat er den Bergrücken überquert und er sieht unten im Tal, den Snake-

River liegen. Er lenkt sein Pferd den seichten bewaldeten Bergrücken hinab zum Fluss. Ihm will er weiter folgen nach Burley. Links hinter sich sieht er die abgeholzte Fläche, während er den Hang hinunterreitet. Seine Erinnerung an den Hinterhalt kommt ihm ins Bewusstsein.

Am Fluss unten angekommen, erkennt Ben sofort die Stelle an der er überfallen wurde. Er ist an der nördlichen Stelle der abgeholzten Fläche. Hier kann man noch die Überreste einer alten Holzlagerstelle erkennen. Wahrscheinlich ist Burley nicht mehr weit. Vielleicht wurde der Ort von hier mit Holz versorgt. Das dann von Flößern den Fluss hochgezogen wurde. Irgendwann wurde das zu mühsam. Wahrscheinlich gibt es jetzt ein Holzlager nördlich von Burley und die Stämme werden einfach mit der Strömung den Fluss hinunter gebracht. Gewohnheitsmäßig schaut er wieder in den Himmel. Es ist kein Falke zu sehen. Er treibt nun sein Tier ein wenig an, denn er will schneller vorwärts kommen. Am Flussufer geht es sehr gut voran. Da er auf der Westseite des Flusses reitet, wird er von der aufgehenden Sonne beschienen. Trotz der Kälte wärmt die Sonne ein wenig.

Als Ben in Burley einreitet ist es später Nachmittag. Die Sonne ist bereits hinter den Berggipfeln verschwunden.

Ein Lächeln geht über sein Gesicht. Er sieht den Falken über der Stadt kreisen. Immer auf einem bestimmten Punkt.

„Da bist du ja wieder mein Freund", murmelt er.

Aber dann beginnt er an sich zu fragen wieso der Falke dort kreist. Natürlich zeigt er etwas an. Aber er zeigt nicht ihn an. Er sollte doch ihn anzeigen. Was macht er also dort? Was hatte noch Adam Abraham zu ihm gesagt?

'Sie haben einen Indianer mit einem Falken, der auf Beuteanzeigen dressiert ist. Er ist wahrscheinlich auf dein Pferd oder auf deine Ausrüstung abgerichtet'

Sein Bruder war auch bei Bruce Cabot. Er hatte sich die Ausrüstung auch bei Cabot mitgenommen.

Benns Pferd, das er von Cabot bekommen hat, wurde erschossen und die Ausrüstung von den Indianern mitgenommen, dadurch hatte der Falke vorübergehend seine Spur verloren und nun hat er die Spur seines Bruders aufgenommen. Konnte das sein? Wenn es wirklich so ist, dann, ja dann würde der Falke ihn ja geradezu zu seinem Bruder führen.

Der Indianer des Falken hatte das bestimmt überhaupt nicht bemerkt. Jetzt musste er selber nur ganz schnell seine Ausrüstung tauschen, bevor der Falke wieder auf ihn aufmerksam wird.

Ben hat Glück. Es wird ja schon dunkel und der Falke wird gleich abgleiten und zu seinem Herrn fliegen.

Ben wartet und beobachtet den Falken. Er kreist immer über dem gleichen Gebiet. Ben merkt es sich. Dann nach einer Weile sieht er wie der Falke abdreht und wegfliegt. Er kommt genau auf ihn zu. Ben drängt sein Pferd unter einen Baum. Aber der Falke fliegt über ihn hinweg in die Richtung aus der er kam. Also ist der Indianer wieder hinter ihm.

Das Jagdglück hat sich gewendet. Ab morgen früh ist er im Vorteil und weiß immer wo sich sein Bruder aufhält. Wenn seine Theorie richtig ist. Er wird es herausfinden.

Ben lenkt sein Pferd in den Ort zum nächsten Store und geht hinein. In dem großen Raum brennen bereits vier große Petroleumleuchten die von der Decke hängen. Ein dicker schmieriger Mann kommt hinter einem Vorhang hervor und sieht ihn stumm an. Ben fühlt, dieser Mann wird jeden Menschen versuchen zu betrügen. Er ist auf der Hut.

„Zeigen Sie mir doch mal Schürfgeschirr. Haben Sie welches da."

„Aber selbstverständlich, kommen Sie, ich habe das beste Schürfgeschirr etwas weiter hinten. Kommen Sie, Sir!"

Diensteifrig läuft er vor Ben in einen hinteren Teil des Raumes. Aber auch der hintere Raum ist gut ausgeleuchtet.

„Sehen Sie, hier sind Pfannen, Schaufeln, Spaten. Alles was das Herz begehrt. Es ist sogar sehr preiswert."

Er nennt Ben die Preise und Ben weiß: alles viel zu teuer.

Ben fragt: „Haben Sie auch Dynamit da?"

Etwas irritiert fragt der Dicke: „Sie wollen auch sprengen? Leider kann ich Ihnen nur Dynamit verkaufen, wenn der Sheriff einverstanden ist, Sir. Haben Sie eine Genehmigung?"

„Ja, die habe ich. Wie ist der Preis für eine Kiste?"

Wieder sagt der Dicke die Preise und fügt hinzu: „Die Kisten müssten Sie aber direkt im Lager der Transportgesellschaft abholen."

Wieder fragt Ben: „Wie sieht es mit Waffen aus?"

So wiederholt sich das Spiel einigemal. Ben zeigt nicht einmal Interesse.

Er sieht, dass das Hochgefühl des Dicken etwas zu verkaufen immer weiter absackt.

Endlich sagt der Dicke: „Sir, ich habe hier noch einige besondere Angebote. Hier sind Felljacken, alles für das Pferd, Satteltaschen, Hüte. Er nennt normale Preise. Ben tut uninteressiert.

„Sehen Sie mich an, glauben Sie ich brauche eine Felljacke? Ich habe doch eine an!"

„Ja, Sir. Ich dachte nur. Ich kann Sie auch noch etwas billiger machen. Sehen Sie, es ist beste Qualität!"

Ben zeigt leichtes Interesse: „Wie viel billiger?"

Der Dicke völlig enttäuscht glaubt nicht mehr daran, dass er etwas verkaufen kann und sagt einen wirklich guten Preis. Ben fragt: „Und die von Ihnen so gepriesenen Satteltaschen und die Hüte?"

Wieder hört er einen guten Preis. Er tut so als würde er nachdenken. Dann zieht er seinen Revolver. Der Dicke reißt die Augen auf. Ben legt seinen Revolver vorsichtig auf den Tisch in Griffweite, die Mündung zielt auf den Dicken. Dann zieht er die gewünschte Summe für Jacke, Hut und Satteltasche aus der Jacke, legt die Dollarscheine auf den Tresen und lässt den Revolvergurt auf den Tresen fallen. Als nächstes zieht er seine Felljacke aus und zieht die neue Jacke an. Der Dicke bewegt sich nicht, sein Blick liegt auf dem Revolver. Die Jacke passt gut. Ben schnallt wieder mit geübtem Griff den Revolvergurt um und greift nach seiner Waffe. Mit der anderen Hand langt er nach dem Hut und der Satteltasche. Ben bestätigt: „Der Deal gilt, da liegt das Geld. Ich werde Sie weiterempfehlen!"

Dabei grinst er. Aber sein Grinsen sieht eher wie ein Zähnefletschen aus. Dann geht er mit gezogenem Colt zur Tür und gleitet hinaus. Draußen wirft er die Satteltaschen über sein Pferd und steigt auf. Er reitet langsam weiter in den Ort, dabei steckt er seinen Revolver wieder in den Holster.

Es ist schon fast dunkel als er beim Post- und Telegrafenbüro angelangt ist. Er steigt ab, nimmt seine beiden Satteltaschen und geht in das Postbüros. An einem leeren Tisch packt er seine Satteltaschen aus und sieht die Sachen durch. Er packt alles in die neuen Satteltaschen. Wirft sich die neue Tasche über die Schulter und tritt an den Schalter vom Clerk. Er spricht ihn an: „Mister, ich will ein Telegramm aufgeben und erwarte innerhalb von ein bis zwei Stunden eine Antwort. Ich brauche ein gutes Hotel und die Antwort ins Hotel. Nehmen Sie das Telegramm auf und bringen Sie oder jemand von Ihnen es mir in das Hotel. Welches Hotel können Sie mir empfehlen?"

Der Clerk ist ein alter Mann. Er schiebt seinen Schalter auf und will gerade anfangen zu schimpfen, als ihm Ben einen Dollar rüberschiebt und beruhigt: „Nur für Ihre Auskunft!"

Der Alte klappt den Mund zu, nimmt den Dollar und sieht ihn interessiert an. Dann wird seine Miene freundlicher und er antwortet: „Mister, wir haben nur ein Hotel hier im Ort. Es ist auch akzeptabel. Es heißt: 'Zum Lasso' Dort hat schon hohes Militär übernachtet und es gab keine Klagen und ich weiß, ob es Klagen gibt oder nicht. Mir wird ja alles gesagt was ich dann schreiben muss. So, nun sagen Sie mir wie Sie heißen und was Sie schreiben wollen. Die Antwort wird von mir persönlich gebracht, für einen weiteren Dollar!"

„Einverstanden!" Darauf diktiert Ben dem Mann die Anschrift des Marschall-Hauptquartiers in Boise. Danach gibt er den Text auf: „Von Captain Wynn an Captain McGrath. Wozu der Steckbrief stop bin in Burley stop der Gesuchte wahrscheinlich hier stop will weiter nach Bozemann stop weiteres Morgen."

Ben legt den geforderten Preis auf den Geldblechteller des Clerk und erklärt, wobei er auf die alten Taschen zeigt: „Die Satteltaschen brauche ich nicht mehr! Ich erwarte Sie im Hotel. So long!"

Die Ordonanz tritt zu Leutnant Walker, der gerade das Gebäude betritt, und grüßt: „Sir, Sie möchten zu Captain McGrath ins Büro kommen, möglichst gleich!"

„Ja, ich komme!"

Walker geht schnellen Schrittes zum Büro von McGrath. Er klopft an die Tür und tritt ein. Du hast mich rufen lassen."

Frank McGrath sitzt wie immer hinter seinem Schreibtisch. Alles ist wie früher. Berge von Akten liegen vor ihm. Oben auf den Akten ein Stapel von Telegrammen. McGrath sieht auf und bittet: „Ja, setzt dich, ich habe Neuigkeiten. Es kam gerade rein, hier ist ein Telegramm von Ben. Er ist jetzt in Burley. Er hatte schon Kontakt mit seinem Bruder. Ben geht davon aus, dass sein Bruder nach Bozeman will. Wir werden einen Riegel davor legen. Wir werden in Blackfood und Rexburg Leute von uns postieren. Unsere kleine List hat zu erstaunlichen Erfolgen geführt. Major Collier hat zugegeben, dass er erpresst wurde. Morgan Wynn hat seine Tochter entführt. Sie wurde im Haus von Mittelsmännern hier in Boise gefunden.

Major Collier ist wieder zurückgekommen. Wir sind jetzt auch hinter den Banküberfall gekommen. Es war wohl mehr ein interner Bandenkrieg. Deshalb konnte auch die Tochter von Collier so schnell gefunden werden. Collier ist jetzt wieder auf unserer Seite. Er wird Morgan Wynn zu einem Treffpunkt bestellen. Dann werden wir ihn einkassieren.

Die Bank hier in Boise ist inzwischen geschlossen worden von der Bankenaufsicht und der Steuer. Ein Teil des Kapitals gehört nach Prüfung Morgan Wynn und wurde eingezogen. Wenn wir Wynn haben, wird er mittellos sein. Dann können ihn auch keine noch so gescheiten Anwälte herausboxen, weil er sie höchstwahrscheinlich nicht mehr bezahlen kann. Ich habe schon veranlasst, dass wir per Postkutsche von uns Leute von Rexburg nach Süden schicken. Mit den Expresskutschen sind sie schon unterwegs und in zwei Tagen dort. Dann schlagen wir zu. Ben ist ja in der Nähe und bleibt ihm auf den Fersen. Es dauert nicht mehr lange und das Lasso hat sich zugezogen.

Auch Major Collier ist bereits mit einer Expresskutsche unterwegs nach Rexburg. Das war es, was ich dir mitteilen wollte. Ich hoffe, dass Ben nun bald wieder hier sein wird. Das war's."

„Danke für die Info, Frank. Das waren sehr gute Nachrichten. Wozu doch so ein kleines Geschenk alles im Stande ist."

Walker kneift ein Auge zu und geht aus dem Büro.

Ben erwacht im Hotel. Er steht auf und geht an die Kommode. Sie ist aus dunklem Holz und hat oben drei Schubladen nebeneinander und darunter zwei große

Schubladen. Auf ihr stehen eine Waschschale aus weiß emailliertem Blech und ein heller Krug aus Steingut mit Wasser.

Er wäscht sich und dabei sieht er aus dem Fenster. Alles ist weiß, überall sieht man den Reif der Nacht. Es friert draußen. Noch sind die Fensterscheiben in der Mitte offen und nicht mit Eisblumen ganz zugefroren.

Er sieht in den Himmel. Es wird wieder ein schöner aber eiskalter Tag. Er geht hinunter in den Speisesaal nimmt ein kurzes Frühstück zu sich und will dann direkt zum Schmied. Hier kauft er Salbe für Pferdehufe. Wieder zurück in seinem Hotelzimmer cremt er das ganze Gesicht mit der Creme ein. Sie ist dunkel und nun sieht er aus wie ein Mexikaner oder ein Mischling. Außerdem hat er einen Vollbart und den neuen Hut. Er bearbeitet nun auch den Hut mit der Huf-Creme. Bald sieht er alt, gebraucht und speckig aus.

Er schaut in den Spiegel und ist mit sich zufrieden. Selbst sein Bruder würde ihn nicht mehr wiedererkennen. Denn genau darum geht es ihm.

Inzwischen ist es ganz hell geworden und die Sonne scheint geradeso über den Hügelkamm. Er sieht in die Richtung aus der er in die Stadt gekommen ist und wartet auf den Falken. Ben hat sich ein anderes Zimmer in der nächsten Etage geben lassen. Von hier oben im zweiten Stock des Hotels hat er eine gute Übersicht über den Ort. Das Hotel ist fast das größte Gebäude des Ortes. Nur eine Kirche, deren Turm höher ist, kann er weit hinten stehen sehen.

Es dauert fast noch eine Stunde bis er den Falken erspäht. Wieder kreist er. Nun kann er es besser erkennen. Er sieht ein weiteres Gebäude, das fast so hoch ist wie das Hotel. Er merkt sich die Richtung, setzt seinen Hut auf und marschiert aus dem Hotel. Nach zehn Minuten Fußmarsch sieht er das Gebäude wieder. Es ist ein Riesensaloon.

Über der Tür sind mit riesigen Lettern die Worte 'Zum Doppeladler' aufgemalt. Rechts und links des Namens hängen riesige Golddollarstücke.

Über dem Namen sieht er Fenster. Also hat dieser Saloon auch Zimmer. Dann wird es auch einen Frühstücksraum geben. Er geht um das Gebäude herum und sieht tatsächlich eine Tür.

Er schlüpft hindurch, kommt in einen kurzen Flur und sieht auch schon einen Raum in dem Menschen sitzen und essen. Er betritt den Saal und sucht sich einen Platz an einem Tisch am Fenster, das zum Hinterhof zeigt. Er hat hier den ganzen Raum im Blick und denkt: Ich gehe jede Wette ein, dass hier mein Bruder wohnt, wenn ihm der Saloon nicht auch noch gehört.

Draußen hört er mehrere Pferde schnauben und Menschen reden. Er blickt hinaus und da sieht er seinen Bruder.

Er steigt gerade auf ein Pferd und reitet mit sechs anderen Männern aus dem Hof. Ben ist elektrisiert. Er steht wieder auf und verlässt den Saloon. Vor der Tür sieht er noch gerade wie die Männer Richtung Norden reiten.

Ben kehrt wieder zum Post- und Telegrafenbüro zurück. Wieder ist der alte Mann am Schalter. Dieser erkennt ihn nicht wieder, erst als er die Adresse hört und den Text, hellt sich sein Gesicht auf. Ben sagt kurz: „Bestätige Ziel des Gesuchten Stop Captain Wynn".

Er zahlt und geht schnell zum Hotel. Jetzt hat er es eilig. Aber er zwingt sich zur Ruhe. Er geht in sein Zimmer, säubert sich so gut es geht von der Creme und packt seine Sachen zusammen, er nimmt die Treppe nach unten und bezahlt, geht in Ruhe zum Pferdestall und holt sein Pferd. Dann reitet er los. Er sieht nach oben, und denkt: Immer dem Falken nach.

Er muss nur aufpassen, dass er jetzt nicht dem Indianer in die Arme läuft. Dann aber überlegt er, der wird einen Bogen um den Ort machen. Indianer sind nicht gerne gesehen in Ortschaften.

Bald ist er aus dem Ort und sieht den Falken, der fliegt tatsächlich in Richtung Norden, kommt wieder zurück und fliegt dann wieder nach Norden. Bald dreht der Vogel weiter nach Westen, mehr Nordwest. Sein Bruder wird nicht dem Fluss folgen, er hat eine andere Route.

Bald taucht Ben wieder ein in die riesigen Wälder. Immer wieder sucht er einen erhöhten Platz um den Vogel zu sehen. Ihm fällt ein, dass er aufpassen muss, denn dem Indianer wird es ähnlich gehen. Auch er braucht immer wieder einen erhöhten Ort, oder er ist ein Kletterkünstler und sucht sich übergroße Bäume aus.

Wieder hat er einen erhöhten Standort gefunden und hat eine ziemlich guten Blick über den Wald. Er sieht in Richtung Nordwesten. Der Falke zieht seine Bahn. Die Richtung bleibt.

Ben will schon wieder anreiten, sieht aber unvermittelt wie der Falke abrupt abstürzt. Er fällt wie ein Stein. Dann erreicht ihn das Echo eines Schusses und ihm ist sofort klar, sein Bruder kennt das Geheimnis des Falken, klar, er war ja auch mit Bruce Cabot zusammen.

Jetzt wird er ihn wieder ohne Führung verfolgen müssen. Aber als er in sich hört, merkt er, dass er eine klare Richtung spürt, der er folgen muss. Zum ersten Mal fühlt er seinen Bruder. Es geht sogar leichter, er muss nicht immer erhöhte Plätze suchen. Es gibt keinen Zweifel. Er reitet an. Er spürt der Richtung nach. So lenkt er sein Pferd durch den Wald. Die Sonne dreht hinter ihm erst nach Süden, dann nach Westen.

Es sind etwa vier Stunden vergangen. Völlig ohne es bewusst zu wollen hält er an. Urplötzlich spürt er, dass etwas Gefährliches vor ihm ist.

Es geht einfach nicht weiter. Es ist als wenn sich ein Abgrund vor ihm auftut. Es blockiert in ihm, er kann einfach nicht weiter. Etwas ungläubig sieht er nach vorne. Es gibt keinen Abgrund, keine Mauer. Aber es geht nicht weiter. Das Pferd tänzelt leicht unter ihm, weil es die Unsicherheit seines Reiters spürt.

Es ist nicht einmal, dass es laut in ihm schreit, er ist einfach nur blockiert. Es geht hier nicht weiter. Dann richtet er seine Aufmerksamkeit nach links und nach rechts. Beides fühlt sich okay an. Mit einem leichten Schenkeldruck lenkt er das Pferd leicht nach Westen und macht eine großen Bogen um das vor ihm liegende Waldstück. Seine Sinne sind auf das Äußerste gespannt. Er führt jetzt sein Pferd an der Hand. Jeder trockene Ast der unter den Hufen bricht, wird viele hundert Yards zu hören sein.

Er spürt intensiv, wie er um den Gefahrenherd herumgeht. Sein innerer Wächter sagt ihm immer genau, wie weit er den Bogen machen muss. Bald hält er an und macht Pause.

Er kann sich nicht ganz verausgaben. Er braucht seine Kraft noch gegen die Kälte der Nacht. Entweder muss er die Nacht ohne Feuer verbringen oder er sieht der Gefahr ins Auge und beseitigt sie. Dann kann er ein Feuer machen und die Nacht am Feuer verbringen.

Er hat nun hier im Fichtenwald einen Felsen entdeckt der etwa 10 Yards schräg aus dem Boden ragt. Der Felsen steht sogar ein bisschen über. Er stellt sein Pferd da drunter ab, lockert den Sattelgurt und bindet das Pferd an. Es wir bald Nacht sein und wenn er nicht da ist, und sich Wölfe in der Nähe aufhalten sollten, könnte das Pferd scheuen und weglaufen. Er braucht das Pferd unbedingt, also raunt er dem Pferd zu, das er bald wieder da ist. Er legt seinen Revolvergurt ab, denn er weiß, dass er eventuell kriechen muss, darum nimmt er seine Winchester aus dem Scabbard, prüft sie und macht sich zu Fuß in Richtung Gefahr auf.

Sein innerer Wächter lässt ihn genau fühlen, dass er der Gefahr immer näher kommt. Die Sonne ist längst hinter den Hügeln verschwunden und der Nadelwald ist schon fast dunkel. Kaum dringt noch Licht nach unten auf den Boden.

Er schleicht weiter. Sein Gefahrengefühl ist sein Kompass. Bald liegt er auf dem Bauch und schlängelt sich über den Boden. Das Gewehr ist jetzt sehr störend. Immer wieder wittert er nach vorne.

Er kriecht weiter, jetzt darf er keinen Ast oder noch so kleines Zweiglein zerbrechen. Die Nacht ist hellhörig. Das könnte sein Todesurteil sein.

Der Mond kommt hervor. Der Wald tritt etwas zurück. Auf dem Bauch liegend erkennt er gerade noch einen Hohlweg. Der Mond scheint gerade in diesen Weg und erleuchtet ihn. Hier wäre er langgekommen, wenn er geradeaus geritten wäre. Hier hätte er wahrscheinlich Rast gemacht. Der ideale Rastplatz, aber auch der ideale Platz für einen Überfall.

Nun kommt er aber von der Seite und sieht zwei Männer mit Felljacke und Mütze. Einen kann er fast nur ahnen. Er sieht nur einen bewegten Schatten. Der vordere hat Fellhandschuhe an. Aber im rechten Handschuh muss ein Schlitz sein. Hier kann der Zeigefinger durchgreifen und den Abzug vom Gewehr bedienen.

Soweit er sehen und ahnen kann, liegen sie beide mit einem Gewehr auf der Lauer. Auf was warten sie? Auf ihn konnten sie nicht warten, sein Bruder wird der Meinung sein, dass er tot sein muss.

Beinahe hätte er aufgelacht. Die Frage ist schon beantwortet. Etwa 20 Yards vor ihm bewegt sich etwas wie ein Schatten auf dem Boden, hier liegt ein Indianer. Ben hält die Luft an, jetzt nur nicht das leiseste Geräusch.

Auf dem Boden und auf dem Gewehr liegend nimmt er vorsichtig seine Hände vor das Gesicht und atmet in die hohle Hand, so kann kein Atemwölkchen aufsteigen und ihn verraten.

Das wird der Vogelbesitzer sein. Er will seinen Vogel rächen. Er kann es nicht glauben, der Mann riskiert nur für einen Vogel sein Leben.

Aber wie war das mit der Religion der Indianer und mit Manitu. Die Indianer fühlen sich mit den Tieren verbunden, ja sie haben sogar Tiere als Berater und Totem. Sie sehen es als Frevel an; wenn man einfach eines ihrer Tiere tötet. Sie glauben, oder dieser Krieger zumindest glaubt, dass es ihre Tiere sind. Seine Sicht ist, dass man sie nicht ohne Not oder um nicht zu verhungern, töten darf.

Es ist finstere Nacht, aber wird er wirklich angreifen in der Dunkelheit. Ben liegt und wartet ab, was wird passieren. Diese Frage wird in diesem Moment beantwortet. Der Indianer kriecht lautlos und langsam wie ein Schatten hinter einen der Männer. Geräuschlos und wie von einer Sehne abgeschossen springt er ihn an, hält ihm mit einer Hand den Mund zu und schneide den Hals durch. Sofort springt er wieder zurück. Das dauerte nur eine Sekunde und der Rote ist wieder im Schatten des Waldes untergetaucht.

Ein Zittern geht durch den Mann. Er röchelt, dann fällt er zur Seite. So stirbt er leise, unbemerkt von dem andern Mann.

Der Indianerkrieger ist schon wieder lautlos in der Dunkelheit verschwunden.

Unerwartet hört er ein Gewehr krachen, aber nur einen Schuss. Wieder Stille. Ein Mann kommt auf ihn zugerannt. Er trägt ein Gewehr in der Hand und guckt sich gehetzt um. Jetzt wird es für Ben brenzlich. Dieser Mann ist einer von den Wegelagerern, denn unter seinen Füßen brechen die Zweige. Ben weiß, dieser Mann hat schon verloren. Aber wenn er Ben erreicht, hat er mit verloren, denn er kann den Hahn seiner Winchester nicht spannen, dies Geräusch wäre fast so laut wie ein Schuss.

Der Mann ist in Panik. Ben presst sich dichter an den Boden. Dann hört er ein zischendes Geräusch und der Mann läuft gegen einen Baum, fällt und bleibt liegen, nicht mal zehn Yards von ihm entfernt.

Wieder taucht der Rote wie ein Schatten auf, man hört keinen Schritt von ihm, er beugt sich über den Mann. Er zieht sein Messer heraus und dann hört er einen markerschütternden Kriegsschrei. Ein Schauer läuft ihm über den Rücken. Der Krieger hat seinen Vogel gerächt.

Der Indianerkrieger springt auf und läuft leichtfüßig mit drei Skalpen in der Hand den Hohlweg hinunter in die Richtung aus der Ben gekommen wäre. Wahrscheinlich hat er dort sein Pferd stehen.

Später wird er gucken; wer die Männer waren, das Licht des Mondes ist zu hell. Seine Bewegung würde ein Beobachter sofort sehen, nur der Mann, der fast vor ihm liegt und gegen den Baum lief, wird er sich ansehen. Ben liegt und fühlt in sich hinein, aber er kann keine Gefahr mehr spüren. Vorsichtig kriecht er zu dem Toten, sichert noch einmal und zündet ein Streichholz an. Er hält es in der hohlen Hand über das Gesicht des Mannes. Er ist ihm unbekannt.

Das Licht verlischt. Er fasst in die Taschen des Toten. Er fühlt Geld, aber keine Papiere. Ben nimmt alles an sich und steht langsam auf. Er steht und lauscht, jetzt müssen sich wieder seine Augen an die Dunkelheit gewöhnen. Dann bewegt er sich und schleicht leise auf dem Boden kriechend zurück in die Richtung seines Pferdes.

Nach circa fünfzig Yards erhebt er sich. Kurz darauf geht er und hat bald sein Pferd erreicht.

Es schnaubt leise als es ihn erkennt. Ben zündet nun ein Feuer an. Ihm ist kalt geworden, er hat lange auf dem angefrorenen Boden gelegen. Trotzdem hält er das Feuer klein und kann nur hoffen, dass niemand, vor allem nicht der Indianer, den Rauch riecht. Er wickelt sich in eine Decke und legt sich an das kleine Feuer. Den Kopf auf dem Sattel und den Revolver in der Hand unter der Decke und mit dem Rücken zum Felsen schläft er etwas mehr als drei Stunden, dann wird er wach.

Er friert, nur die Müdigkeit hat ihn schlafen lassen, sein Körper brauchte den Schlaf und hat ihn sich geholt. Jetzt muss er sich bewegen. Er geht wieder zum Kampfplatz zurück. Hoffentlich haben noch keine Wölfe die Leichen weggeholt. Das Blut würden sie Meilenweit riechen. Diesmal lässt er sein Pferd hinter dem brennenden Feuer. Er marschiert los und die Bewegung tut ihm gut. Wieder ist er am Hohlweg, horcht in sich hinein und lauscht ich die Natur.

Kein Rascheln von Wölfen, keine Gefahr. Der erste Mann der getötet wurde, liegt vor ihm, wieder zündet er einen Streichholz an, es ist noch dunkel und auch diesen Mann kennt er nicht, auch dieser Mann hat nur Geld in den Taschen und keine Papiere. Den nächsten Mann muss er suchen, er konnte nur ahnen wo er war; als er die Scene beobachtete.

Ben tastet sich mit den Füßen weiter. Fast wäre er über ihn gestolpert. Auch diesen schaut er sich an. Nein, auch diesen Mann kennt er nicht, auch er hat wie die anderen beiden keine Papiere; nur Geld. Auch das steckt er ein, die Gesichter der drei hat er sich eingeprägt. Er würde sie auf jedem Steckbrief wiedererkennen.

Es ist jetzt etwa zwei Stunden nach Mitternacht, Ben nimmt die Waffen und Pferde der Leute und geht wieder zu seinem Reittier. Er macht das Feuer nun etwas größer und legt sich noch einmal zum Schlafen nieder. Morgen in aller Frühe wird er die Satteltaschen suchen und, falls welche da sind, durchsuchen. Dann wird er die Männer auf die Pferde binden und die Pferde laufen lassen. Sie werden wieder zurück nach Burley finden.

Den Indianer wird er nicht verfolgen. Wenn er eines gelernt hat als Sheriff, dann ist es Zielstrebigkeit.

Der Indianer war unwichtig. Sein Bruder ist das Ziel und sein Bruder ist weiter geritten und hat diese Männer als Wachen zurückgelassen. Sein Bruder Morgan war mit sechs Männern aufgebrochen. Jetzt hatte er noch drei Begleiter.

Sein Bruder war nicht bei den Toten. Aber er sagt sich, dass hätte er auch gefühlt. Also geht die Jagd weiter. Was ist, wenn der Indianer auch die anderen vier noch verfolgt. Aber dann schläf er ein.

„Falkenauge ist in Burley, Bruce". Emilio Fernandez setzt sich in den Sessel, der gegenüber Cabots Schreibtisch steht.

„Er hat eine Brieftaube schicken lassen. Wynn ist in Burley. Schon zwei Tage. Es ist möglich, das sein Bruder in Burley ist und er Kontakt mit ihm aufgenommen hat. Wir können jemanden hinschicken und beide unschädlich machen lassen."

„Und du garantierst mir, dass die Diamanten dabei wiedergefunden werden und zu mir zurückkommen?"

„Nun, das habe ich nicht gesagt. Ich berichte nur."

„So so, du berichtest nur. Was kannst du mir noch berichten?"

„Nun, Ben Wynn ist ein Sheriff, hat er dich umgedreht? Oder was willst du mit ihm machen, falls er wiederkommt? Und wenn er wiederkommt, kommt er vielleicht nicht alleine, sondern mit seinen Town-Marschalls aus Boise? Also was willst du machen? Meiner Meinung nach war es ein riesen Fehler ihn laufen zu lassen!"

Emilios Augen blitzen, dann deutet mit dem Finger auf Cabot. „Du bringst uns hier alle in Gefahr. Ich weiß nicht ob ich dir noch trauen kann, noch haben wir die Möglichkeit den Fehler wieder zu beheben! Aber du denkst nur an deine Diamanten. Was nutzen sie dir, wenn wir hier von den Marschalls angegriffen werden? Das erkläre mir mal!"

Cabot sitzt da und blickt ihn mit Haifischaugen an, dann sagt er leise aber drohend: „Bist du fertig? Oder kommt da noch mehr?"

Emilio beugt sich etwas vor und sitzt jetzt auf der Kante vom Sessel. So könnte er schneller reagieren, den Revolver ziehen.

„Nein, das war alles, aber ich erwarte von dir eine Erklärung!"

„Gut, die sollst du haben!" Cabot lächelt und es sieht mehr wie ein Zähnefletschen aus.

„Ich bin froh, dass du mir gesagt hast das Ben Wynn ein Sheriff ist. Ich wusste auch nicht ob ich dir noch vertrauen kann! Denn ich war darüber informiert, dass er ein Sheriff ist. Sheriffs bekommen einen Auftrag und den führen sie durch. Das macht sie so gefährlich aber auch berechenbar.

Dieser Wynn ist auf der Fährte seines Bruders und er wird ihn sich holen, denn das ist sein Auftrag. Er wird hierher zurückkommen. Es mag sein, dass er seine Leute benachrichtigt, aber sie werden nicht kommen oder sie werden kommen und ihn holen ohne uns zu schaden."

Cabot macht eine Pause; dann fährt er fort: „Du glaubst doch nicht, dass wir hier so unbelästigt arbeiten könnten, wenn ich nicht einen guten Draht nach Boise und den Marschalls hätte, oder glaubst du das?"

Cabot beugt sich etwas vor: „Morgan Wynn wurde zu gefährlich, er ist wahnsinnig, unlenkbar und damit unberechenbar geworden, deshalb muss er weg. Ebenso Howard Keel, er wurde zu gierig und wir brauchten einen Aufhänger um Morgan Wynn zu jagen. Also haben wir Morgan Wynn Howard Keel ausschalten lassen. So werden wir zwei Fliegen mit einer Klappe schlagen. Wir lassen es die Marschalls machen, damit sie einen Erfolg nachweisen können. Und bei der Verfolgung kann natürlich auch einem Marschall oder Sheriff etwas passieren. Trotzdem werden sie Erfolg haben - so oder so. Mit einem toten oder lebenden Ben Wynn. Auch, und das sage ich dir jetzt als Freund, wurde nur das von uns angegebene Vermögen von Morgan Wynn von der Staatsanwaltschaft eingezogen. und unser Vermögen ist nach wie vor da. Also lass es meine Sorge sein. Ich sage dir, wir sind sicher!"

Cabot unterstreicht seine Worte mir einer energischen Handbewegung. Dann lehnt er sich zurück.

Emilio Fernandez entspannt sich: „Gut, ich habe dich verstanden. Wer sind die Leute in Boise, die uns den Rücken decken?"

„Emilio, das geht dich nichts an. Du bist mit mir bisher gut gefahren, überlass diese Dinge mir. Es reicht, wenn ich es weiß, so wird unser Mann in Boise geschützt. Wände können Ohren haben. Auch hier! Vertrau mir, wie du mir bisher vertraut hast. Da du ohnehin dabei bist alle unsere Geschäfte zu legalisieren, werden wir nur noch maximal ein halbes Jahr oder weniger dazu brauchen!"

Cabot sieht Emilio aufmunternd an. „Wir zwei sind unschlagbar, ich mit meinen Kontakten und du mit deinem Wissen."

Emilio steht auf und blickt Cabot an. Man merkt, er ist überzeugt. Aber doch noch nicht ganz: „Okay, du bist der Boss. Ich will nicht, dass ich meine Arbeit vergeblich mache. Also musste ich es mit dir klären, und es ist geklärt!"

Emilio will sich zur Tür wenden.

Cabot spürt das Zögern und sagt: „Noch ein Wort Emilio, ich weiß du traust den staatlichen Stellen nicht. Alles was Staat ist, ist für dich ein rotes Tuch. Der Krieg, ausgelöst durch die Politik hat dir alles genommen, deine Bank und deine Familie. Aber genauso können wir die staatlichen Stellen nutzen um alles wieder zu bekommen! Dann werden wir beide die neue Bank in Boise aufmachen und unsere Filialen im ganzen Bundesstaat haben und darüber hinaus. Vertrau mir!"

Fernandez scheint nun überzeugt. Er nickt mit dem Kopf. „Gut, gut Bruce. In Ordnung."

„Setz dich noch einen Augenblick, Emilio!" Cabot legt einen Revolver auf den Tisch, den er die ganze Zeit in der Hand hatte.

„Willst du eine Zigarre, bedien dich. Wo der Whisky steht weißt du ja. Beide spüren, es ist nicht mehr wie vorher, aber ihr Bund ist wieder gefestigt.

Major Don Collier sitzt in der Expresskutsche von Boise nach Burley. Er grübelt über das Geschehene nach und stellt sich Fragen: Wie konnte seine Tochter in Boise entführt werden. Wer hat die Banditen so gut unterrichtet, dass sie wussten wo sie zuschlagen konnten.

Es muss ein Insider sein. Wie konnten sie überhaupt wissen, dass er eine Tochter hat und wo sie zu finden ist. Aber seine Tochter ist jetzt in Sicherheit. Da war er sich ganz sicher, keiner von den Marschalls weiß, wo sie sich nun aufhält. Es lässt ihm einfach keine Ruhe. Auch wenn der Steckbrief nach Ben Wynn nicht richtig war, so ist da doch etwas oberfaul.

Aber wie kann er das beweisen und wenn ja, wer ist der Maulwurf oder wer hat so engen Kontakt zu den Marschalls, dass er etwas von den Marschalls erfahren kann?

Er kommt aus seinen Gedanken und schaut aus der Kutsche. Collier hat seine Route geändert. Er fährt nicht direkt nach Rexburg und hofft, dass er in Burley eventuell Ben Wynn trifft. Sollte er seinen Bruder inzwischen verhaftet haben, dann könnte man versuchen über Morgan Wynn etwas zu erfahren, durch ein Verhör, bevor man ihn aufhängt. Denn das er gehenkt wird, ist für den Major überhaupt keine Frage.

Sollte er aber in Burley Ben Wynn nicht treffen, dann würde er natürlich weiter bis Rocatello, danach nach Blackfoot und dann nach Rexburg reisen.

Die Hotels in den Städten wurden von ihm inzwischen benachrichtigt und würden ihm Bescheid geben, wenn Ben Wynn dort ist, oder gewesen ist. Vielleicht hatte Ben auch schon etwas von seinem Bruder erfahren. Aber es war müßig darüber zu spekulieren. Es hieß abwarten.

Aber eines weiß er. Er wird es herausbekommen, deshalb ist er Major. Er hat schon öfter aufgeräumt und ist sich sicher, dass er es auch dieses Mal schaffen wird. Er reißt sich aus den Gedanken und schaut wieder aus der Kutsche. Es ist bestimmt nicht mehr weit bis Burley. Spätestens morgen Mittag ist er in Burley. Eventuell werden sich dort schon die Dinge erhellen.

In aller Frühe ist Ben weitergeritten. Er hat sich Kaffee gekocht und etwas gegessen und nun ist er wieder bereit.

In der Ausrüstung der Banditen war nichts zu finden, um die Identität der Männer festzustellen. Allerdings findet er jede Menge Munition und nimmt sich, was er braucht. Er ist somit wieder gut ausgerüstet.

Er richtet sich nach seinem Gefühl und reitet den Hohlweg weiter entlang. Hier sind auch sein Bruder und die anderen Männer langgeritten.

Bis die Sonne herauskommt und er sich auch nach der Sonne orientieren kann, wird er auf diesem Weg bleiben. Es ist noch still. Er hört nur die Hufe seines Pferdes auf dem schon hartem Boden, dies sind die lautesten Geräusche.

Es beginnt diesig zu werden. Leichte Nebelschwaden ziehen vom Wald nach oben und die Feuchtigkeit geht durch die Kleidung. Immer wieder kommt er durch solche Nebelfelder und dann wird das Geräusch der Hufe leiser.

Bald wird der Weg wieder weniger felsig und die Reitgeräusche werden leiser auf dem gefrorenen weichen Waldboden. Die Hufeisen schlagen nicht mehr.

Je heller es wird, desto mehr guckt Ben auf die Pflanzen am Wegesrand. Einmal hält er an und kniet sich am Boden nieder. Ein kleiner Zweig liegt lose auf dem Boden und ist nicht festgefroren. Also ist doch noch jemand vor ihm. Der

Indianer? Es waren zwar keine Spuren zu sehen aber für ihn ist das eindeutig.

Wenn er schon mal steht, dann dreht er sich ein paar Zigaretten. Er steckt sich eine an und steigt wieder auf sein Pferd.

Langsam kämpft sich die Sonne durch den Nebel. Die Wasserpartikel des Nebels frieren an den großen Tannen fest und sie werden weiß vom Reif. Doch kaum scheint die Sonne durch den Nebel, taut er wieder.

Ben ist bereits Stunden geritten. Es ist fast Mittag. Sein Gefühl sagt ihm, dass er immer noch auf der richtigen Spur ist. Es ist Zeit um etwas zu essen. Also macht sich Ben daran sich umzusehen, um einen geeigneten Platz zu finden. Möglichst einer an dem kein Nebel gestanden hat, denn dort wäre es zu feucht und er würde kein brennbares Holz finden. Bald kommt er an eine Lichtung und steigt ab. Er geht über die Lichtung und beginnt Holz zu sammeln.

Sein Pferd steht an einem Baum. Er geht auch an den Baum um sein Feuer zu machen, als er es sieht.

Hier kann er nicht bleiben. Er sieht noch einmal genauer hin. Ja, das waren Bärenhaare an der Rinde und unten am Stamm, das konnten Wolfshaare sein. Dies war ein Kommunikationsbaum an dem die Tiere ihre Duftmarken hinterlassen und zeigen: Wir sind da!

Hier würde er jederzeit von einem Tier überrascht werden. Ob jetzt noch ein Bär kommen würde, war fraglich, aber das Risiko geht er nicht ein. Aber Wölfe waren gewiss zu befürchten.

Er führt sein Pferd fünfhundert Yards weiter weg durch den Wald, bis er auf eine andere Lichtung kommt.

Irgendetwas meldet sich in ihm, er folgt weiter dieser Richtung. Er geht und hält sein Pferd am Kopf an der Trense. Es folgt ihm ruhig. Es schnaubt leise, ist aber nicht nervös.

Dann hört er es. So etwas wie ein Rufen, aber völlig undefiniert. Er geht vorsichtig weiter. Bald sieht er Bewegung und dann erkennt er einen Mann am Boden sitzend, er kann ihn nicht verstehen. Aber er sieht einen Fuchs der immer wieder versucht ihn zu beißen und an seinen Hosen zerrt.

Es ist fast zum Lachen. Doch dann erkennt er im Weitergehen seinen Bruder. Er sitzt an einen liegenden Baumstamm gelehnt und wieder sieht er das verzogene Gesicht. Die eine Seite seines Gesichtes hängt herunter. Anscheinend kann er nur einen Arm bewegen. Mit diesem versucht er den Fuchs wegzuscheuchen.

Ben kommt mit dem Pferd auf ihn zu. Der Fuchs springt auf und verschwindet sofort im Wald. Ben geht vorsichtig näher. Es kann niemand in der Nähe sein. Der Fuchs hätte sich sonst niemals an den hilflosen Menschen gewagt. Er muss hier schon eine ganze Weile liegen.

Ben tritt heran und will als erstes nach der Waffe seines Bruders greifen. Diese ist aber nicht da. Nun sieht er die ganze Wahrheit. Morgan Wynns Banditen haben ihn hier einfach liegen lassen. Morgan war nicht mehr Herr seiner selbst und damit völlig unnütz. Sie haben alles mitgenommen und ihn hier einfach liegen lassen, sogar sein Revolver findet Ben nun zwanzig Yards weiter an einem Baum.

Morgan ist halbseitig gelähmt und brabbelt immer weiter. Ben nimmt seinen Bruder und legt ihn über das Pferd, denn stehen kann Morgan auch nicht. er sitzt selber auf und setzt Morgan nun vor sich auf den Sattel. Jetzt gibt es nur eines, zurück nach Burley.

Ben reitet zurück zu seinem vorigen Übernachtungsplatz.

Er hat es jetzt eilig. Er weiß nicht wie lange Morgan dort gelegen hat. Bis zum Abend kann er es schaffen seinen vorigen Übernachtungsplatz zu erreichen. Wieder kommt er näher an die Stelle des Hohlweges und wieder überfällt ihn die Blockade nicht weiterzureiten.

Diesmal ignoriert er sie und reitet weiter. Sein Kopf sagt ihm, dass es nur das Echo seines Erlebnisses dort ist. Sein Bauch sagt ihm was ganz anderes. Und dann ist es auch schon passiert. Er reitet mitten in die drei Banditen die gerade dabei sind die Spuren des Kampfes zu lesen und versuchen zu verstehen was mit ihren Spießgesellen passiert ist.

Alle drei wenden sich sofort Ben zu und beginnen zu schießen. Ben lässt sich rechts vom laufenden Pferd fallen und schießt schon im Fallen mit seiner linken Revolverhand auf einen der Banditen, der am nächsten steht und so der gefährlichste ist. Dieser fällt auf die Knie und dann zur Seite.

Ben schlägt auf den Boden auf. Ihm bleibt kurz die Luft weg. Die beiden anderen schießen weiter. Sein Bruder fällt auf der anderen Seite herunter, das Pferd wird getroffen, steigt und wiehert und versperrt dem dritten Mann den Blick. In diesem Moment schießt Ben erneut und wieder findet seine Kugel das Ziel.

Der dritte Mann ist beim Nachladen. Das weiterlaufende Pferd hatte ihm die Sicht genommen. Eiskalt zielt Ben und trifft den Mann genau in dem Moment als er fertig ist und den Hammer zurückzieht. Der dritte Mann schießt noch vor sich in den Boden, dann fällt er. Ben steht auf. Er hat nur dreimal geschossen.

Er geht mit gezogenem Revolver auf die drei Männer zu. Keiner rührt sich mehr. Nun lädt Ben seinen Revolver nach. Dann tritt er auf einen Mann zu. Mit dem Fuß dreht er ihn um. Er behält die anderen beiden im Auge und fühlt am Hals mit der rechten Hand nach dem Puls mit der linken zielt er auf die Brust des Mannes. Er fühlt keinen Puls mehr.

Den Revolver stößt er mit dem Fuß fort. Der zweite Mann stöhnt und Ben zielt auf ihn und geht dann langsam auf ihn zu. Der Mann lacht gequält und sagt noch: „Nun fahren wir doch eher in die Hölle als Morgan."

Sein Lachen wird zu einem Husten. Dann atmet er aus und es ist für ihn vorbei. Der Mann den er zuerst traf, hat seinen Colt verloren und kriecht weg von Ben. Ben geht hinter ihm her. Der Mann hechelt und knirscht mit den Zähnen. Aber dann hören seine Bewegungen auf und als Ben bei ihm ist, ist auch er tot. Dieser Mann hat keine Waffe mehr, die liegt noch da, wo er fiel.

Jetzt erst dreht sich Ben zu seinem Pferd und seinem Bruder um. Das Pferd liegt am Boden und blutet aus mehreren Wunden. Ben knurrt: „Stümper, erschießen das Pferd statt den Mann!"

Er tritt zu seinem Pferd und sieht, dass auch dem Pferd nicht mehr zu helfen ist. Er gibt ihm den Gnadenschuss.

Nun dreht er sich nach seinen Bruder um, der zwanzig Yards weiter hinten liegt und untersucht ihn. Keinen Kratzer. Ben schüttelt den Kopf und denkt: Unglaublich!

Wieder hat er die traurige Pflicht die Männer nach Papieren zu durchsuchen. Er findet nichts, dann tritt er zu den Pferden der Banditen und untersucht sie. Unter jedem Sattel findet er ein kleines Ledersäckchen. In jedem dieser Säckchen, es waren wohl vormals Tabaksbeutel, sieht er Diamanten. Also hatte Morgan die Diamanten noch bei sich, als seine Männer ihn liegen ließen und ausraubten. Nun hat Benn viel zu tun, er holt ein Pferd von den Banditen. Wütend wirft er den Sattel und das Geschirr weg und legt seinen Sattel und sein Zaumzeug an.

Auch seine Scabbards nimmt er. Dann legt er seinen Bruder wieder über ein Pferd und geht mit den drei Pferden zu seinem Übernachtungsplatz unter dem Felsvorsprung. Er überlegt: drei Pferde und fünf Mann, also wird er wieder seinen Bruder vor sich auf dem Pferd mitreiten lassen. Die anderen beiden Pferde für die Toten. Es ist nicht weit nach Burley. Das werden sie morgen locker schaffen.

Als Ben in Burley einreitet ist es fast Mittag. Sofort schlägt er die Richtung zur Innenstadt ein um dort den Townmarschall zu finden. Die zwei Packpferde mit den Toten zieht er hinter sich her.

Kinder kommen aus den Gassen gerannt und Hunde laufen hinter ihnen her. Schreiend und jolend laufen sie neben ihm. Die Hunde bellen, rennen zwischen den Beinen der langsam gehenden Pferde hindurch und es ist ein Gewusel bestehend aus Kindern und Hunden.

Kurz darauf erscheinen Mütter und holen ihre Kinder von der Straße, aber bei weitem nicht alle. Auch Erwachsenen laufen mit ihm mit. Er erregt Aufsehen.

Pferdefuhrwerke müssen anhalten, wegen der Menschenmenge. Reiter weichen aus.

Endlich kommt er mit einer riesen Menschentraube beim Sheriffbüro des Townmarschalls an. Ben lässt seinen Bruder vorsichtig herunter gleiten. Er hält ihn oben an der Jacke, damit sein Bruder nicht umfällt und auf der Erde liegt. Dabei steigt er vorsichtig vom Pferd.

Er legt sich Morgan über die Schulter und bindet die Pferde an der Querstange vor dem Büro fest. Ebenso die anderen Pferde, dabei muss er einige Gaffer vor sich wegschieben.

Er steigt die drei Stufen hoch und geht ins Büro des Townmarschalls. Die Meute bleibt vor dem Sheriffbüro zurück. Mit einem Hacken tritt der die Tür hinter sich wieder zu und die Kinder und Neugierigen bleiben draußen.

Der Townmarschall sitzt hinter seinem Schreibtisch und kommt seitlich hoch, da er gerade ein Bund Schlüssel aus einer Schublade holt. Er legt es auf den Tisch und sieht Ben fragend an.

Ben nimmt seinen Bruder von der Schulter und setzt ihn in einen Stuhl. Er schiebt den Stuhl ganz an den Schreibtisch, sodass die Knie von Morgan an den Tisch stoßen. Auf diese Weise kann er nicht vom Stuhl rutschen.

„He, was soll das, was wollen Sie?"

„Mein Name ist Captain Ben Wynn. Ich bin Distriktsheriff und bringe ihnen einen gesuchten Verbrecher und drei Tote Banditen. Haben Sie noch einen Stuhl?"

„Ja, da durch die Tür! Aber zum Teufel wollen sie mir nicht erst einmal erklären?"

Ben geht auf die Tür zu öffnet sie und sieht den Stuhl, nimmt ihn kurzerhand und kommt zurück um ihn vor den Schreibtisch zu platzieren. Dabei sieht er die Gesichter der Leute und Kinder die sich an der Scheibe zum Sheriffbüro die Nase platt drücken.

„Natürlich Sheriff. Haben sie eine Zigarre? Ich bin weit geritten. Dann können wir reden."

„Mann, was glauben Sie, wer Sie sind. Sie sind hier nicht im Saloon. Gleich wollen Sie auch noch einen Whisky? Wer ist der Mann dort und was wollen Sie?"

„Dieser Mann ist Morgan Wynn, ein wegen Mordes gesuchter Mann. Sie müssten einen Steckbrief aus Boise haben. Draußen habe ich noch drei Tote. Diese anderen drei Männer sind mir nicht bekannt, gehören aber zu Mr. Morgan Wynn. Sie liegen draußen auf Pferden."

„Teufel auch, mussten Sie gerade jetzt kommen, ich wollte gerade zum Mittag." Der Sheriff erhebt sich und geht zur Tür: „Sie, kommen Sie rein", er zeigt auf einen Mann.

„Die anderen verschwinden, hier gibt es nichts zu sehen. Los geht nach Hause oder ich sperre Euch alle ein! Vorwärts!"

Er macht einige energische Handbewegungen, als wollte er die Menge wegscheuchen.

„Sie nicht, kommen Sie her." Er zieht den Mann ins Büro und schließt die Tür.

„Sie laufen rüber und holen aus dem Saloon meinen Deputy. Dann sagen Sie dem Wirt, er soll zwei Essen zu mir rüber bringen. Können Sie das behalten?"

„Ja, Sheriff! Natürlich."

Man sieht dem Mann an, dass er sich freut dem Scheriff helfen zu können, denn dadurch ist er nachher der gefragteste Mann in der Stadt.

„Los beeilen Sie sich!" Der Scheriff öffnet wieder die Tür: „Und machen Sie es sofort und reden Sie erst mit den Leuten wenn Sie es erledigt haben!"

Sein Ton ist drohend.

„Ja, Sheriff, natürlich!"

Der Sheriff tritt zu den beiden Pferden auf den die drei Banditen liegen und sieht sie sich ganz genau an. Dann geht er wieder ins Büro.

Er tritt hinter seinen Schreibtisch und zieht den Revolver.

„Sie werden mir erst einmal Ihre Waffe geben, los und ich warne Sie. Sie können mir viel erzählen. Erst einmal die Waffe und dann können wir reden. Ganz vorsichtig. Ich bin verdammt schlecht gelaunt und da ich Sie nicht kenne, lege ich Sie um wenn sie nicht ganz vorsichtig die Waffe auf den Tisch legen! Jetzt!"

Der Sheriff spannt den Hahn seines Colts. Ben bleibt nichts anderes übrig. Also legt er seine Waffe mit der Mündung zu sich auf den Tisch.

„Können wir jetzt reden? Sie scheinen ja mächtig nervös zu sein, Sheriff?"

„Halten Sie Ihr Maul. Jetzt werde ich Ihnen etwas erzählen. Sie sagten mir gerade, dass das Morgan Wynn ist, und dass es da draußen seine Männer sind. Ich kenne zwar Mr. Wynn nicht persönlich, aber Mr. Wynn ist ein geachtete Bürger dieser Stadt und damit die Männer draußen auch. Was haben sie mit Mr. Wynn gemacht, dass er so…"

Er macht eine hilflose Geste: „in diesem Stuhl sitzen muss. Mann reden Sie. Wenn Sie mir das nicht ganz genau erklären können, werde ich Sie wegen dreifachen Mordes anklagen lassen. Haben Sie mich verstanden."

Ben überlegt. Dieser Townmarschall ist entweder besonders dumm oder er will es so haben, oder er steckt mit den Verbrechern unter einer Decke. Er, Ben, hat sich als Distriktsheriff zu erkennen gegeben und der Mann fragt nicht einmal nach Identitätspapieren. Noch ist er sich nicht schlüssig, was er von dem Mann halten soll.

Ben antwortet: „Sehen Sie unter Ihren Steckbriefen nach. Na los, tun Sie mal was. Sie haben doch welche, die aus der Hauptstadt Boise zu Ihnen mit der Post kommen."

„Das wüsste ich, wenn einer unserer geachtetsten Bürger gesucht wird. Aber Ich werde trotzdem nachsehen und Sie rühren sich nicht, ich will keine Bewegung von Ihnen." Der Scheriff greift nach Ben's Waffe und geht dabei einen Schritt vom Schreibtisch weg. Er nimmt die Patronen aus dem Revolver indem er sie einfach auf den Boden fallen lässt. Achtlos legt er den Revolver in ein Fach des Schrankes hinter dem Schreibtisch. Er greift darunter nach einem Stapel Steckbriefe, wobei er Ben nicht aus den Augen lässt.

„Los rücken Sie ein, zwei Yards nach hinten!" Der Sheriff setzt sich und wartet bis Ben zurückgerückt ist. Dann legt er die Waffe griffbereit auf den Tisch und blättert langsam die Steckbriefe durch. Plötzlich stutzt er und sagt: „Nehmen Sie mal Ihren Hut ab!"

Ben tut ihm den Gefallen, er kann sich schon denken was jetzt kommt, nämlich sein Steckbrief.

Hinter Ben geht die Tür auf und schließt sich wieder. Ben kann den Mann nicht sehen, jetzt muss er sich auf den Sheriff konzentrieren.

„Der Sheriff blickt ihn triumphierend an. Sie werden also gesucht! Dachte ich mir doch gleich, auch wenn hier nur steht, dass Sie lebend gesucht werden. Jetzt haben Sie drei Morde auf dem Gewissen und wir werden Sie hängen!"

Ben begreift, der Sheriff bringt es tatsächlich fertig und sperrt ihn ein. Trotzdem sagt er ruhig: „Marshall, ich sagte ihnen schon, dass ich Distriktsheriff Captain Ben Wynn bin und wenn Sie mich gefragt hätten, kann ich mich auch ausweisen. Außerdem habe ich einen Steckbrief bei mir auf dem mein Bruder Morgan Wynn wegen Mordes gesucht wird. Also, wenn Sie nicht weiter in Ihren Steckbriefen suchen wollen, dann kann ich Ihnen den Steckbrief geben. Ben greift in die Innenseitentasche seiner Felljacke. Der Sheriff greift blitzschnell zu seinem Colt, und hätte wahrscheinlich auch geschossen, aber in dem Moment peitscht ein Schuss auf und dem Sheriff fällt die Waffe aus der Hand. Ben hält seinen Steckbrief in der Hand.

Der Sheriff glotzt unverständlich zur Tür und auf das Papier in der Hand von Ben. Pulverdampf hängt in der Luft. Ben hört Schritte hinter sich und ein Mann mit gezogenem Colt und einer Militäruniform geht an ihm vorbei zum Sheriff.

„Strecken Sie ihre Hände vor, los." Die schneidende Stimme des Mannes geht unter die Haut. Dann hört er wie Handschellen zugeschraubt werden. Der Mann dreht sich um und hält nun zwei Revolver in der Hand. Seinen und den vom Sheriff.

Ben sieht wie sein Bruder zusammengezuckt ist. Also kennt er diesen Mann. Seinen Revolver steckt der Mann nun weg und den anderen Revolver in den Gürtel. Dann streckt er Ben die Hand hin und stellt sich vor: „Mein Name ist Major Don Collier. Ich komme aus Boise und mir ist der ganze Fall bekannt. Ist der da Morgan Wynn Ihr Bruder?"

Ben nickt: „Ja das ist er. Gleich kommt der Deputy und wir sollten ihm keinen falschen Eindruck liefern!"

„Gut, dann werden wir ihn gemeinsam erwarten. Wo ist ihre Waffe?"

Ben steht auf greift in das Fach im Schrank und nimmt sich seine Waffe und die Patronen vom Fussboden. Er wendet sich zum Sheriff und zeigt ihm den Steckbrief von Morgan.

„Hier Sheriff ist der Steckbrief von Morgan Wynn, jetzt werde ich in Ihren Steckbriefen suchen. Sollte ich ihn nicht finden, dann macht es auf uns einen ganz schlechten Eindruck. Sollte ich ihn finden, dann werde ich mir immer noch Gedanken über sie machen. Ben blättert die Steckbriefe durch, er nimmt einen heraus und legt ihn zur Seite, blättert weiter und wieder nimmt er einen heraus. Er findet den Steckbrief und fordert: „Sheriff, hier ist der Steckbrief und diese drei Steckbriefe sind die drei Männer auf den Pferden draußen. So nun sagen Sie mal etwas und zwar etwas das uns überzeugt!"

Es ist Abend und der Richter, der Bürgermeister, der Major und Ben sitzen am Kaminfeuer des Raucherraumes des Hotels. Über den Telegrafen wurden alle Informationen die den Fall Morgan Wynn betreffen eingeholt, sodass sowohl der Richter als auch der Bürgermeister voll informiert sind. In zwei Tagen wird man Gericht halten und alle schriftlichen Aussagen der Banditen aus Boise liegen vor. Auch in der Bank von Burley wurde das Konto von Morgan Wynn inzwischen eingefroren. Jeder ist davon überzeugt, dass Morgan Wynn danach gehängt wird, da dieser wohl kaum in der Lage ist zu widersprechen. Der Bürgermeister und der Richter verabschieden sich und so bleiben der Major und Ben alleine zurück.

„Nun, Mr. Wynn, ich hoffe, dass Ihr Steckbrief Ihnen nicht zu viel Unannehmlichkeiten bereitet hat. Ich möchte mich dafür auch noch entschuldigen, obwohl es mir ziemlich schwer fällt."

Die sehr hellen Karbidlampen an der Wand erleuchten den Raum und werfen harte Schatten.

Der Major macht eine Geste mit der Hand und wedelt dabei mit seiner Zigarre. Er macht eine Pause und sieht Ben dabei in die Augen. Sein Whiskyglas hat er die ganze Zeit nicht angefasst.

„Sie verstehen, dass ich, als ich merkte, dass Sie schon wieder durch den Steckbrief in Gefahr kamen, den Sheriff anschießen musste. Er ist tatsächlich ein wirklich dummer

Mensch. Der Bürgermeister wird ihn bestimmt bei der nächsten Wahl ersetzen lassen."

Nun erzählt der Major Ben wie alles mit dem Steckbrief gekommen ist und welche Gedanken er sich gemacht hat während der Fahrt hierher. Obwohl das Hauptquartier in Boise einer Untersuchung unterzogen wurde, ist dabei nichts herausgekommen. So macht er sich weiter Sorgen."

„Nun Major, Sie sind nicht der Einzige, der sich Sorgen macht."

Ben geht auf das Gespräch mit dem Major ein: „Auf meiner Jagd nach Morgan kam ich durch den Ort Hope. Hier regiert ein gewisser Bruce Cabot mit seinem Compagnon Emilio Fernandez wie ein alter Herrscher. Dieser Fernandez ist genauso gefährlich wie Bruce Cabot, weil er nicht nur ein Gunman, sondern auch noch sehr gebildet ist und alle illegalen Unternehmungen legalisieren wird.

Er sieht zwar wie ein harmloser Buchhalter aus, und ich habe mich zuerst auch von ihm täuschen lassen, aber er ist gefährlich wie eine Viper. Diese Männer haben durch Erpressung und andere gesetzeswidrige Manöver, den ganzen Ort unter ihre Herrschaft bekommen. Selbst vor Mord wurde nicht zurückgeschreckt.

Ich frage mich, wie ist es möglich, dass nichts davon nach Boise gedrungen ist. Wie kommt es, dass niemand, aber auch niemand irgendwo Anzeige erstattet oder Hilfe angefordert hat. Was mich aber am Meisten erstaunt hat ist, dass mich die Bande hat gehen lassen. Ich sollte von meinem Bruder Diamanten zurückbringen. Diese Diamanten habe ich auch bei ihm gefunden. Vielleicht können Sie sich kundig machen wem die Diamanten gestohlen wurden. So etwas verschwindet nicht, ohne dass es irgendwo eine Anzeige gibt.

Ich gebe Ihnen hier drei Musterstücke und hoffe, Sie finden heraus wem Sie gehören.

Ben greift in seine Westentasche und holt drei Diamanten heraus. Er legt sie vorsichtig auf den Glastisch. Die Karbidlampen lassen die Steine blitzen.

Der Major nimmt sie vorsichtig zwischen Daumen und Zeigefinger und schaut sie sich ganz nah an seinen Augen an. Dann nickt er und steckt sie weg.

„Wirklich schöne Steine, aber sprechen sie weiter."

„Diese Banditen müssen doch befürchten, dass ich mit den Town-Marschalls aus Boise wieder zurückkomme. Die müssen sich verdammt sicher fühlen. So sicher kann man sich nur fühlen wenn man Kontakte nach *sehr* weit ‚oben' hat."

Ben macht wieder eine Pause, dann wendet er sich wieder dem Major zu.

„Ich werde morgen in der Frühe wieder mit den Diamanten nach Hope aufbrechen um einer Person zu helfen und wenn möglich diese Bande zu zerschlagen. Ich hoffe, ich komme an Beweismaterial oder an Zeugen, sodass ich diese sehr intelligenten Männer aus dem Verkehr ziehen kann. Natürlich kann ich das nicht alleine, aber ich kann versuchen, wie gesagt, Beweismaterial zu sammeln.

Geben Sie mir drei Tage Vorsprung und dann bitte ich Sie um Verstärkung. Sodass wir dieses Banditennest ausheben können. Ich hoffe ich kann mich solange halten. Können Sie sich persönlich dafür einsetzen, sodass keine Panne entstehen kann?"

Wieder macht Ben eine Pause. Er nimmt einen Zug aus der Zigarre und greift zu seinem Whiskyglas.

„Es wird mir ein ganz besonderes Vergnügen sein Ihnen zu helfen, nicht nur weil ich Ihr Vorgesetzter bin, sondern weil wir dadurch auch die Gelegenheit bekommen die undichte Stelle zu ermitteln."

Major Colliers Gesicht drückt Zufriedenheit aus. „Verlassen Sie sich auf mich und wenn ich mit der Armee kommen muss!"

Am nächsten Morgen ist Ben früh im Post- und Telegrafenbüro. Das Gesicht des Clerk hellt sich auf als er ihn erkennt und nickt ihm zu.

Wieder diktiert Ben dem Mann die Anschrift des Marschall-Hauptquartiers in Boise und gibt den Text auf: „Von Captain Wynn an Captain McGrath. Auftrag in Burley abgeschlossen Stop. Reite nach Hope. Stop. Brauche dort ihre Hilfe. Stop. Bringen sie Männer mit. Stop. Ende."

Nachdem er eine Flasche Whisky gekauft hat, geht er mit seinem Pferd rüber zum Gefängnis.

„Guten Morgen Sheriff, ich will meinen Bruder besuchen. Vielleicht kann ich mit ihm zu sprechen. Wie geht es ihm."

Ben hat in einer Hand eine Flasche Whisky, in der anderen Hand zwei Gläser.

Mürrisch wird er vom Townmarshall begrüßt: „Morgen, Captain Wynn. Natürlich können Sie Ihren Bruder besuchen. Allerdings geben Sie Ihre Waffe vorher hier ab.

Er macht eine Pause, denn er erwartet wohl Widerstand, aber als keine Gegenrede kommt, berichtet er ihm: „Es geht Ihrem Bruder den Umständen entsprechend. Der Pfleger sagt, es war ein Schlaganfall und er wird nicht mehr lange leben und der Henker hofft, dass er noch bis zur Hinrichtung durchhält. Hin und wieder hat er lichte Momente. Dann kann er sitzen und beginnt wieder etwas zu sprechen, auch wenn es kaum verständlich ist, aber der Pfleger sagt, er versteht ihn."

„Danke, Sheriff, hier ist meine Waffe."

Der Sheriff nimmt die Waffe und schließt sie in seinen Schreibtisch ein. Dann greift er sein Schlüsselbund aus der unteren Schublade und geht voran.

„Folgen Sie mir Captain. Ich werde Sie zu ihm einschließen. Der Pfleger ist noch nicht da."

Der Scheriff geht durch die Tür zu den Zellen, dann zieht er den Revolver und nimmt ihn in die linke Hand. Nun schließt er umständlich die Tür auf und hält sie dann offen. Ben tritt ein. Sein Bruder sitzt nun auf seiner Pritsche. Hinter ihm schließt der Sheriff die Tür wieder ab und verlässt wortlos den Raum.

Morgan schaut ihm entgegen und seine Unterlippe hängt herunter. Die eine Seite ist ganz schlaff, dafür ist das Auge auf dieser Seite unnatürlich weit offen. Ben nimmt die Gläser und den Whisky und schüttet ein. Dann fragt er: „Kannst du das Glas halten?"

Morgan nuschelt: „Meine linke Hand kann ich noch gebrauchen, gib her!"

Ben gibt ihm das Glas und dann stößt er mit seinem Glas an das seine und wünscht: „Zum Wohl!"

Beide trinken.

„Nun habt Ihr mich gefangen, aber nicht durch eure Tüchtigkeit, beinahe wäre ich abgekratzt im Wald. Wäre auch nicht das Schlechteste gewesen."

Wieder trinkt Morgan aus dem Glas, der Whisky läuft ihm aus dem Mund und er muss den Kopf zur anderen Seite neigen damit alles drinnen bleibt.

„Tut es dir nicht leid so zu enden? Was sagt deine Philosophie dazu?"

Morgan lacht gequält: „Man muss immer tun was man will und ganz klar sehen wo es lang geht. Hast du mir auch eine Zigarre mitgebracht?"

Ben beginnt ihn besser zu verstehen. Er greift in seine Felljacke und holt eine Zigarre raus. Er schneidet die Spitze ab.

„Steck sie mir in den Mund auf der rechten Seite, da habe ich mehr Kontrolle."

Ben steckt sie ihm in den Mund zwischen die Zähne und zündet sie an. Morgan nimmt ein, zwei Züge. Ben entnimmt sie dem Mund und Morgan nimmt einen Schluck Whisky, nun neigt er schon den Kopf von selber. Alles geht gut.

„Brauchtest du nie ein wenig Zuwendung, immer hast du alle Menschen verletzt. Ich brauche es jedenfalls?"

„Zuwendung kann man sich kaufen in Valoras Puff. du bist immer noch rührselig. Lernst du es denn nie?"

„Ich werde dann losreiten, auf Wiedersehen, die Flasche nehme ich wieder mit, sie werden sie dir nicht erlauben!"

Ben schenkt Morgan noch einmal ein und legt die Zigarre vorsichtig auf den Schemel.

„Ich werde auf dich warten, wenn das geht!"

Morgan schaut ihn an und das eine Auge schaut ihn übergroß, rund und unschuldig an. Das andere Auge glitzert heimtückisch. „Wiedersehen!"

„Gute Reise!" Ben dreht sich um und rüttelt an den Gitterstäben.

Die Tür geht auf und der Sheriff kommt in den Raum.

Wieder zieht er den Colt und schließt dann die Tür auf. Ben geht aus der Zelle. Der Scheriff schließt wieder ab, steckt den Revolver weg und geht ins Büro, dort nimmt er den Revolver aus der Schublade und legt ihn auf den Tisch.

Ben stellt die Flasche hin, nimmt seinen Revolver und geht zum Ausgang.

„So long!"

Die Tür fällt hinter ihm ins Schloss. Er fühlt in sich nur Leere. Sein Bruder hat nichts gelernt, auch nicht durch den Schlaganfall. Aber was hatte er denn erwartet, dass sein Bruder ein reuiger Sünder wird. Dazu würde es Zeit brauchen, sehr viel Zeit, aber diese würde man ihm nicht geben können. Das war also das Ende. Das Ende einer bösen Laufbahn. Das Ende am Galgen. Ben dreht sich nicht mehr um. Er hatte diese Menschen, die wie sein Bruder sind, nie verstanden. Aber es ist ihre Sache. Sie können alle selber entscheiden. Er verdrängt seine Gedanken. Er muss nach vorne denken. Sein Beruf und sein Herz schicken ihn zum ersten Mal zusammen zu einer Aufgabe.

Ben weiß, er wird wieder drei Tage brauchen um nach Hope zurück zu kommen. Es ist noch früh am Tag und er ist ausgeschlafen und fühlt sich gut.

An der Seite seines Pferdes hat er Narben gesehen von Sporen. Das Pferd ist nervös und wahrscheinlich immer getreten worden. Während er auf dem Pferd sitzt, tätschelt er den Hals des Pferdes und spricht auf es ein: „Ich werde dich nicht treten, Brauner. Aber ich werde sehen müssen ob deine Nerven noch gut sind. Ich muss mich auf dich verlassen können. Also lass uns Freunde werden."

Das Pferd schnaubt leise und trottet dann den Weg weiter.

Eine Sache hat er in Burley noch zu tun. Er steigt auf sein Pferd und reitet zum 'Doppeladler' dem Spielsaloon in dem sein Bruder residierte. Ben will den Appaloosa von seinem Bruder haben, den Appaloosa, den sein Bruder dem Pferdezüchter gestohlen hatte. Aus den Taschen der Banditen hat er noch das Geld. Es ist mehr als tausend Dollar. Er könnte dafür sorgen, dass beides zurückkommt. Er wird einen Bluff starten im 'Doppeladler'.

Er reitet also langsam zum Spielsaloon. Als er vom Pferd steigt sieht er, dass an der Tür ein großes Schild mit der Aufschrift hängt: Haircut-15Cent; Shave-15Cent; Shampoo-10Cent; RoseWater-5Cent; Bath-5Cent.

Er grinst und denkt sich, ich werde sie nun einseifen, aber ohne Bezahlung, daraufhin betritt er die riesige Spielhalle und geht direkt auf den Wirt zu. Er hofft, es ist der Wirt. Dieser spült Gläser und trocknet sie ab. Der Wirt scheint ganz in seine Arbeit vertieft.

„Ich brauche meinen Appaloosa, sorgen Sie dafür dass er in fünf Minuten draußen am Holmen angebunden ist. Jetzt geben Sie mir ein Bier. Ich warte!"

Der Wirt guckt ihn ehrfürchtig an und antwortet devot: „Aber natürlich Mr. Wynn, ich eile. Einen Moment, ja da haben wir ja schon das Bier. Bitte schön. Wohl bekommt's!"

Der Wirt wieselt davon und verschwindet durch eine Tür.

Ben kann sich ein Lächeln nicht verkneifen und stellt sich an das Fenster und wartet mit dem Bier in der rechten Hand. Es dauert tatsächlich nicht lange und das Pferd wird gesattelt und ausgerüstet an den Haltebalken angebunden.

Ben stellt sein Bier auf den Tisch am Fenster und geht hinaus. Er steigt auf den Appaloosa und nimmt sein anderes Pferd am Zügel und zieht es hinter sich her. Wieder reitet er zum Post- und Telegrafenbüro und steigt dort ab. Er bindet die Pferde an.

Die drei Stufen nimmt er mit einem Schritt und steht schon wieder vor dem Clerk.

„Oldtimer, ich habe schon wieder eine Frage und wenn sie zu meiner Zufriedenheit beantwortet wird, gibt es wieder einen Dollar, okay?"

„Spuck's schon aus Greenhorn, muss man dir wirklich alles erklären? Aber wenn deine Dollars dich drücken, dann frag' schon!"

„Gibt es hier in der Stadt eine Frachtstation von Wells, Fargo & Co? Ein Unternehmen das Frachtgut verschickt oder heranschafft?"

„Junge, da hast du Glück, du brauchst nur um das Haus herumgehen, da ist die Postkutschenstation und die ist an Wells, Fargo & Co angeschlossen. Da kannst du alles wegschicken was du willst. Das macht einen Dollar!"

Ben schnippt einen Dollar mit dem Daumen hoch, fängt ihn auf und legt in die Geldschale. Blitzartig ist der Dollar verschwunden. Er tippt an den Hut und geht zum Appaloosa und mit ihm um das Haus in die Frachtagentur. Hier überreicht er das Geld und das Pferd. Er gibt die Adresse und den Namen an: Chuck Morgan von der Snake-River-Ranch. Er schreibt kurz einen Brief und gibt den auch noch mit. Er bezahlt und lässt sich für alles eine Quittung geben.

Nun wird es Zeit nach Hope zu reiten. Ben hat viel zu überlegen. Wie wird er in Hope zurechtkommen. Das lässt sich kaum planen, aber er wird zumindest versuchen, ungesehen zu Ann McCrea durchzukommen.

Er wird von ihr die wichtigsten Neuigkeiten erfahren. Danach wird er weitersehen. Vielleicht kann er über Ann an den Bürgermeister herankommen oder an Geschäftsleute die alle jetzt ihre Geschäfte an Cabot verloren haben oder nur noch Teilhaber ihrer eigenen Läden sind. Man wird sehen. Was er braucht sind Zeugen die aussagen.

Am Mittag kommt Ben am Snake River an und es gelingt ihm sogar einen Fisch zu fangen. Er rastet weit vom Wasser weg, damit sein Pferd noch Grün zum Fressen findet. Auf dem Lagerfeuer ist der Fisch schnell gar. Seine Rast dauert nicht lange, denn es treibt ihn die Eile. Um möglichst wenig Spuren zu hinterlassen, löscht er das Feuer und verwischt es so gut es geht. Wenn es schneien sollte, wird man kaum noch eine Spur von ihm sehen können. Beruhigt reitet er weiter.

Am nächsten Tag kommt er an der Stelle des Überfalls vorbei. Es gibt nichts mehr zu sehen. Die Wildnis funktioniert und alle Spuren werden automatisch von der Natur getilgt. Ben sieht die beiden Felsen zwischen denen er gelegen hat und steigt ab. Man kann noch die vielen Kugeleinschläge erkennen. Bilder tauchen vor seinen Augen auf. Er versucht sie wegzuwischen, doch dann sieht er sie sich bewusst an. Er muss die Vergangenheit hier bewältigen und nicht verdrängen. In sich spürt er eine Welle von Gefühlen. Wut, Zorn, Ängste steigen auf. Doch er hat es überlebt. Es gibt keinen Grund mehr für Ängste, sagt er zu sich selber. Das Schicksal wollte nicht, dass er hier schon stirbt. Doch etwas anderes fesselt nun seine Aufmerksamkeit.

Er geht um die Felsen herum und sieht sich dann die Gegend an. Wo waren die Männer versteckt, fragt er sich. Dort drüben auf der anderen Seite des Flusses waren einer oder zwei; die ihn unter Feuer genommen hatten. Wo waren die Männer auf dieser Seite des Flusses versteckt?

Er läuft suchend an der Abbruchkante entlang. Unmittelbar später sieht er die Höhle im Prallhang des Flusses. Ausgespült vom Wasser aber verborgen durch herabfallende Bäume und angeschwemmtes Totholz. Ein perfektes Versteck. Wer hätte das gedacht, dass es so etwas gibt. Gut zu wissen, vielleicht wird er das Wissen einmal benötigen.

Nach einer gründlichen Inspektion der Höhle reitet er weiter, er hat das Erlebte verdaut und verschwendet keinen Gedanken mehr daran. Die Vergangenheit ist vergangen und es gibt sie nicht mehr. Er denkt nach vorne. Er denkt einmal wieder an Ann und sieht ihr Bild vor sich.

Die Sonne ist inzwischen hinter den Wolken verborgen und es wird schon wieder dunkel. Das Wetter wird langsam wieder kälter. Ben reitet noch bis zur Dunkelheit und sucht sich dann ein Versteck zum Übernachten. Obwohl er gezielt danach geschaut hat, findet er keine Höhle mehr im Flusshang. Also guckt er nach einem Anstieg und reitet etwas vom Ufer weg den Hang hinauf, wo er übernachten will. Hier kann er übernachten, direkt am Waldrand über dem Fluss.

Als er am Morgen weiterreitet weiß er, dass er in zwei Tagen abends Hope erreichen kann. Er freut sich auf Ann McCrea.

Er wird durch die Hintertür ins Hotel schleichen müssen um nicht den Leuten von Bruce Cabot in die Hände zu fallen, das wäre fatal. Er sieht ihre schlanke Figur vor sich und wie sie geschäftsmäßig schnellen Schrittes durch ihr Hotel läuft. Eine prächtige Frau und sehr mutig. Andere Frauen hätten wahrscheinlich schon das Handtuch geworfen. Aber sie hält

Cabot hin. Ben fragt sich innerlich ob es noch gut gegangen ist während er weg war?

Auf einmal ist die Unruhe wieder da. Wie sieht es in Hope aus? Hält Cabot noch still oder hat er ihr schon das sprichwörtliche Messer an die Kehle gesetzt? Bens Gedanken kreisen, er war lange weg, länger als es gut für Ann ist? Hat sie sich schon Cabot ergeben müssen? Wie wird sie ihn empfangen. Kann er sich noch auf sie verlassen?

Ben verscheucht diese Gedanken. Er weiß sicher, sie wartet auf ihn. Er baut auch auf Abraham Moses, aber was kann ein Mann gegen die ganze Meute ausrichten. Moses wird sie verteidigen, aber was dann? Ben drängt seine Gedanken zur Seite. Übermorgen Abend weiß er mehr.

Am nächsten Morgen merkt Ben wie das Wetter noch kälter wird. Es sind bestimmt schon zehn Grad Kälte. Er reitet etwas schneller. Aber er will nicht, dass sein Pferd ins Schwitzen kommt. Dann muss er es abreiben, damit es sich nicht erkältet. Es soll so schnell laufen, dass es warm ist aber nicht schwitzt. Aber auch er muss sich vor der Kälte schützen, seine Zehen in den Stiefeln bewegen sich automatisch mit dem Schritt des Tieres. Seine Beine sind durch die lange Felljacke überdeckt und sein Pferd gibt etwas Wärme ab an seine Beine.

Langsam geht der Tag zu Ende und es ist immer noch kälter geworden. Aber es ist kein Wind zu spüren. Die Natur hält den Atem an. Am nächsten Abend reitet Ben noch den Bogen des Flusses weiter bis er an die Stelle kommt, an der er zu allererst gerastet hat, bevor er das erste Mal in Hope eingeritten ist.

Er reitet vorsichtig durch den Fluss. Die Ränder des Ufers sind schon vereist und es knirscht als er sein Pferd über das Ufereis in den Fluss dirigiert. Das Wasser ist so niedrig, dass er die Füße nicht anheben muss. Auf der anderen Seite steigt er ab und reibt die Beine seines Pferdes trocken. Von hier aus sind es noch circa zwei Meilen Wald und dann noch circa zweihundert Yards vom Waldrand bis zur Stadtgrenze.

Es ist inzwischen dunkel geworden. Das Wetter wird immer kälter. Ben fühlt das Wetter wird bald umschlagen. Blaueis schon so früh im Jahr? Ja, es ist Ende November. Alle Anzeichen sprechen dafür.

Ben reitet noch eine Meile weiter, dann steigt er vom Pferd und führt es am Halfter. Er meidet die Wege, deshalb fällt ihm auf, dass es unwahrscheinlich viele Spuren von Wölfen hier gibt. Das ist ungewöhnlich. Niemand hatte davon gesprochen, dass es hier so viele Wölfe zu geben scheint. Es ist schon seltsam, da viele Spuren sehr frisch sind. Er führt sein Pferd vorsichtig weiter und versucht um das Dorf herum zu gehen um in den Rücken des Hotels zu kommen. Da Ben nun läuft, merkt er nicht wie die Temperatur weiterfällt, aber es ist absolut windstill und ohne Wind merkt man die Kälte nicht so sehr. Die Natur hält den Atem an.

Urplötzlich fühlt er die Gefahr, sie kommt rasend schnell näher, was ist das, verdammt? Läuft er in eine Falle? Ben sieht sich um, dann erkennt er blitzschnell die Gefahr - Ein Rudel Wölfe, nein Hunde. Bluthunde. Keine Zeit zum überlegen.

Daher die vielen Spuren! Er muss den Rücken freibekommen, sonst hat er gleicht verloren. Mit der einen Hand zieht er die Windchester aus dem Scabbard. Er beginnt zu rennen, er braucht einen dicken Baum. Der erste Hund sitzt ihm schon an der Hose und er erschlägt ihn.

Da sieht er es. Ein Riesenbaum in den der Blitz irgendwann gefahren ist und aus dem ein Zweig herausgeschlagen wurde, der den Stamm bis unten hin aufgerissen hat. Er rennt auf den Baum zu. Ein Hund springt ihn von hinten an und sitzt ihm im Nacken. Ben wirft sich herum und rammt den Hund gegen den Baum. Der Hund jault auf und lässt los. Die Höhlung ist groß genug um sich darin bewegen zu können... Dann ist die Meute auch schon da.

Ben hat den Rücken frei und schlägt auf den ersten Hund der ihn anfällt mit dem Gewehrkolben. Der Hund jault und zieht sich zurück. Wenn es möglich ist, will er nicht schießen. Ein Schuss würde garantiert in Hope gehört werden, vielleicht hört man sogar die Hunde bei der Stille.

Wieder und wieder greift ein Hund an, aber es sind nur vereinzelte Angriffe. Die Hunde umkreisen ihn. Sie merken, sie können nur von vorne angreifen und nicht von allen Seiten. Plötzlich kommen alle von vorne, knurren und fassen nach den Beinen. Ben schlägt wie wahnsinnig um sich, die Hunde werden getroffen und fallen ab. Ein Hund bleibt vor ihm liegen, tot oder bewusstlos.

Ben begreift nun, das ist das Geheimnis von Hope, hier kommt keiner weg. Diese Meute bewacht das Dorf. Deshalb verschwanden auch hin und wieder Menschen.

Aber die Meute soll nur die Person stellen und nicht töten. Aber Tote hat es immer wieder gegeben. Wie hatte doch Abraham Moses zu ihm gesagt: „Diese Banditen kennen viele Wege um Menschen zu fangen."

Wahrscheinlich wusste er es aus eigener Erfahrung.

Ben wird müde, lange kann er sich nicht mehr gegen die Meute durchsetzen. Dann passiert es, es brüllt wie aus Riesenkehlen auf und wie aus einer Riesenfaust stürzt Blaueis vom Himmel. Groß wie Taubeneier. Die Hunde werden durchgeprügelt. Sie jaulen und tanzen wie verrückt im Kreis.

Ben hört das Pferd wiehern. Er kann nicht helfen. Das Eis fällt weiter, da er geschützt im Baum steht, trifft ihn nur Eis das vom Boden hochtanzt an den Beinen unter den Knien. Die Hunde hören auf zu tanzen, spitzen die Ohren und rennen dann davon, nur ein Riesenhund starrt ihn aus glitzernden Augen weiter an. Ben sieht ihn wie im Nebel. Die Wand des Eishagels zieht sich zu. Der Hund lässt sich noch eine kleine Weile durchprügeln, dann zieht auch er den Schwanz ein und rennt hinter den anderen her.

Ben setzt seinen Hut auf seine Fellkapuze und rennt zu seinem Pferd, das mit hängendem Kopf dicht an einem Baum steht, er springt in den Sattel und treibt es an. Das Eis prügelt fürchterlich auf ihn ein. Sein Pferd springt an und er reitet durch den Eishagelschauer.

Kaum kann er etwas sehen, nur seiner Intuition folgend reitet er in Richtung Dorf. Tief über das Pferd gebeugt, damit ihm nicht die Eiskörner ins Gesicht schlagen reitet er. Er sieht einmal auf und erkennt den Weg und reitet auf das Hotel zu.

Bei diesem Wetter kann er keine Rücksicht mehr nehmen, er springt aus dem Sattel öffnet die Hintertür und zieht sein Pferd in das Hotel. Der Eisregen schlägt hinter ihm in den Flur und die Eiskörner springen wie Tennisbälle hoch. Er versucht die Tür zu schließen, aber Eiskörner klemmen zwischen der Tür und der Zarge.

Ben öffnet wieder etwas die Tür um das Eis mit dem Fuß wegzuschieben, sofort schlägt ihm das Eis ins Gesicht, aber dann ist die Tür zu.

Er steht im Dunkeln. Außer Atem fasst er sich ins Gesicht. Es schmerzt überall. Hoffentlich kann ihn Ann noch erkennen. Er schaut sich um. Nirgends Licht. Sein Pferd schnaubt neben ihm im Flur.

„Was zum Teufel ist hier los?" Es hat sich etwas verändert. Nun ist Vorsicht geboten. Ben greift im Dunkeln in die Jackentasche und holt seine Dose mit Streichhölzern hervor. Er öffnet sie und steckt sich drei Hölzer zwischen die Zähne. Dann schließt er die Dose wieder und steckt sie sehr behutsam weg. Jetzt zieht er seinen Revolver und nimmt mit der anderen Hand ein Streichholz und reibt es an seiner Schuhsohle an. Sofort kann er den ganzen Flur überblicken.

Sein Pferd scheut etwas zur Seite.

Ben spricht leise zum Pferd und geht dann durch den Flur in Richtung Speisesaal. Er bleibt stehen, wieder reißt er ein

Streichholz an. Er durchquert den Speisesaal in Richtung Küche. Jetzt kann er durch die Türritzen sehen, dass in der Küche Licht brennt. Leise geht er an die Tür und horcht. Drinnen hört er das Geräusch von Schneiden mit dem Messer und das leise Summen von Ann.

Leise öffnet er die Tür und sieht Ann in der Küche stehen und Gemüse schneiden. Sie steht mit dem Rücken zu ihm, er steckt seinen Revolver weg und klopft leise an die Tür. Erschreckt dreht sie sich um und starrt ihn an.

„Ann, ich bin es Ben! Keine Angst!"

Sie starrt ihn mit großen Augen an, kommt langsam auf ihn zu und starrt ihn weiter an. Plötzlich geht sie schneller und fragt: „Mein Gott Ben, wie siehst du aus?"

Sie sieht ihm in die Augen und streicht über seine Wange: „Du bist durch den Eisregen gekommen! Bist du denn wahnsinnig?"

„Ann, es ist halb so schlimm!"

„Aber du musst voll von blauen Flecken sein. Sieh dich an, du blutest im Gesicht. Deine Kleidung, sie ist total zerrissen. Was ist denn mit dir passiert. Zieh dich aus, ich werde dir erst einmal ein heißes Bad machen, damit du wieder…"

Ben nimmt Anns Gesicht in beide Hände und spricht sie liebevoll an: „Ann, liebe Ann. Es ist alles in Ordnung, ich lebe noch und ich bin wieder da!"

Er nimmt sie in den Arm und küsst sie sanft auf den Mund. Daraufhin schlingt sie ihre Arme um ihn und küsst ihn wieder.

Als sie sich löst, bittet sie: „Komm, zieh dich erst einmal aus und ich mache dir doch jetzt ein Bad. Es wird etwas dauern aber zieh dich schon mal aus. Ich habe heißes Wasser, ich mache dir einen Kaffee.

Ben setzt seinen Hut und seine Pelzmütze ab und zieht sich langsam aus. Erst jetzt merkt er wie seine Muskulatur durch die vielen blauen Flecken ein wenig streikt. Er fragt:

„Wo ist das Bad, ich werde es holen. Wo ist Abraham Moses?"

„Der Badezuber ist nebenan. Du kannst ihn benutzen, ich muss nur eben Licht machen. Sie zündet eine Karbidlampe an und füllt das Wasser ein. Es ist gerade heiß. Ich werde dir gleich alles erzählen, wenn du im Wasser bist."

Ann holt Wasser aus einem großen Boiler unter dem ein Feuer brennt. Ben zieht sich aus und hängt seine Kleidung über einen Schemel. Seinen Revolvergurt hängt er über die Stuhllehne am Tisch.

„Du wirst auch sicher hungrig sein. Ich war gerade beim Zubereiten für mich, ich werde dir etwas gemacht haben, wenn du im Bad bist.

Ben steigt in den Badezuber, dann streckt er sich soweit der Zuber es zulässt und taucht mit dem Kopf unter. So langsam fühlt er sich wieder als Mensch, seinen Muskeln bekommt die Wärme gut. Überall sieht er an den Beinen die Bissversuche der Hunde. Blaue Flecke soweit er sehen kann. Auch der Hagel hat das Seinige dazu getan.

Als Ann mit dem Essen kommt, merkt er, dass er kurz eingeschlafen war. Das Wasser ist abgekühlt. Aber nun fühlt er sich wieder sehr viel besser.

Mit großem Appetit isst er das Steak und die Bohnen, die Ann ihm serviert. Sie hat einen Schemel neben den Zuber gestellt auf dem der Kaffee steht und auf den Ben den Teller abstellen kann. Außerdem legt sie ein großes Handtuch neben den Schemel.

Ann sitzt neben ihm und erzählt: „Cabot war bei mir kurz nach dem du weggeritten warst. Er hat mich unter Druck gesetzt. Ich soll ihn heiraten. Er will mich haben, egal wie. Dann drei Tage später hat er alle seine Leute vom Hotel abgezogen, nun habe ich keine Gäste mehr und ich muss natürlich die Stadtsteuern zahlen. Wenn ich die Steuern nicht mehr zahlen kann, wird er mir das Hotel wegnehmen und dann bin ich vogelfrei.

Heute Mittag sind sie mit fünf Mann gekommen und haben Abraham Moses geholt. Sie haben ihn fürchterlich zusammengeschlagen und dann mitgenommen. Immerhin hat er drei von den Banditen auch krank geschlagen. Aber die Übermacht war zu groß. Ich weiß nicht, was sie mit ihm gemacht haben. Jedenfalls haben sie ihn nicht getötet.

Sie wollten ihn nur einsperren. Ich war beim Sheriff und wollte ihn besuchen, aber der Sheriff weiß von nichts und ich habe das Jale gesehen. Es ist niemand drinnen. Ich war auch beim Doc. Niemand weiß wo er ist! Oh Ben, er tut mir so leid und ich weiß nicht mehr was ich machen soll."

Ben erhebt sich nach dem Essen und trocknet sich ab.

Er schaut sie ernst an und sagt nachdenklich: „Ann, ich glaube ich weiß, wo Abraham ist. Wenn sie ihn erst heute Mittag geholt haben, dann wird er noch leben und ich kann ihm helfen."

„Soll ich dir nicht erst einmal helfen, soll ich dir den Rücken massieren?"

Ben grinst und entgegnet: „Der Eisregen hat mir schon ordentlich den Rücken massiert! Nein Ann, ich muss das Wetter ausnutzen. Niemand weiß, dass ich da bin und niemand wird ihn jetzt so stark bewachen, weil niemand an einen Fluchtversuch oder Rettungsversuch glaubt. Sie kommen nicht mal auf die Idee."

Ann hat Ben andere Kleidung zurechtgelegt. Dieser zieht die Hose an und geht mit ihr in die Küche.

Die Tür der Küche kracht an die Wand, weil sie aufgerissen wird und einer von Cabots Männern in die Küche kommt. Er sieht Ben und reißt sofort den Revolver aus dem Holster.

„Ach, nee. Wen haben wir denn da. Du bleibst genau da stehen wo du stehst, komm nicht zum Tisch, ich sehe deinen Revolver da hängen. Besser noch du gehst rüber zum Herd. Los Beeilung. Ann, du machst ganz schnell ein Dreigängemenü für vier Personen mit Entré und Nachtisch, wir haben feinen Besuch aus der Hauptstadt bekommen. In zwei Stunden wird es abgeholt. Los fang an, Beeilung!"

Ann läuft aus der Küche. Einen Moment später kommt sie mit einem großen Topf in der Hand wieder herein und geht zum Herd.

„Was soll ich Cabot sagen, was es gibt?"

„Es gibt einen großen Schweinerollbraten!"

Sie zeigt auffordernd mit der Hand zum Topf. Unwillkürlich guckt auch Ben, der neben ihr steht in den Topf. Was er da sieht, lässt sein Herz schneller schlagen.

„Was mache ich mit dir, Wynn? Am besten, ich lege dich gleich um, dann ist Cabot zufrieden mit mir und gibt mir noch eine Belohnung. Durch das Wetter kann ich dich nicht mitschleppen."

Er zeigt mit seinem Revolver zum Fenster und damit halb von Ben weg, dann schwenkt er wieder zurück und zeigt auf Ben. In diesem Moment kracht ein Schuss. Der Bandit reißt ungläubig die Augen auf, als er auf dem Boden aufschlägt ist er schon tot. Ben lässt den Revolver fallen.

„Der war schon verdammt heiß im Topf. Danke Ann. Wir haben zwei Stunden Zeit."

Pack alles zusammen, was dir lieb ist und lege es für den Einspänner mitnahmebereit hin. Ach, noch was, an der Hintertür steht noch mein Pferd im Flur. Erschrick dich nicht. Ich räume den Mann hier weg."

Schnell zieht sich Ben ganz an und bindet sich geübt den Revolvergurt um. Er zieht kurz den Revolver und prüft ob er beim Eisregen keinen Schaden gelitten hat. Er sieht genau hin aber alles ist in Ordnung. Er lässt ihn wieder in das Halfter gleiten. Dann läd' er sich den Mann auf den Rücken.

„Er wird mir als Schutzschild gegen das Eis dienen. Wenn ihn jemand draußen findet nach dem Eisregen, wird er nicht wissen wo es passiert ist. Ach noch was, mach das Essen wirklich fertig, falls noch jemand auftaucht. Außerdem könnte es für Abraham wichtig sein, dass er etwas zu essen bekommt. So long, bleib mir treu!"

Mit diesen Worten geht Ben mit dem Mann auf dem Rücken nach draußen. Das Eis trommelt auf den überdachten Fußweg. Es ist ein Höllenlärm. Es ist kaum etwas zu sehen, das Eis fällt wie ein Vorhang, man kann nicht mal auf die andere Seite der Straße sehen. Ben holt tief Luft, dann rennt er los mit dem Mann auf den Schultern, er braucht nur schräg gegenüber in eine Gasse laufen und dann aus der Gasse über einen Platz bis zum Haus von Cabot. Ben versucht weiter zu rennen aber die Eiskörner werden immer dichter auf der Straße und er läuft wie auf Kugeln, er rennt langsamer und orientiert sich an den Häusern, da er nach unten guckt, sieht er nur die Sockel der Häuser. Das Eis kommt nicht nur von oben es spritzt auch von den Häuserwänden ab. So treffen ihn die Eiskörner auch von der Seite. Aber dann endlich ist die Gasse zu Ende.

Er denkt: Jetzt schräg über den Platz, dann muss er bei Cabots Burg herauskommen. Ben lehnt sich gegen das Haus an der Ecke und muss erst einmal nach Luft ringen. Der Mann wird immer schwerer. Noch einmal nimmt er alle Kraft zusammen und rennt los. Blind stolpert er über das Eis, immer wieder rutscht er leicht weg und kommt ins Straucheln. Die Eiskörner unter ihm werden immer dichter. Endlich ist er über den Platz und wäre beinahe gegen die Wand von Cabots Haus gerannt. Er orientiert sich kurz und legt den Mann unter dem Vordach des Fußweges ab. Er setzt ihn an die Wand und bleibt erst einmal stehen um zu Luft zu kommen.

Hinter dem Haus ist der Stall, hier muss es einen Zugang zum Haus und damit zum Turm geben. Ben vermutet Abraham im Turm, den er ja schon von innen kennengelernt hat.

Er zieht dem Banditen die Felljacke aus und zieht sie sich über Kopf und Schultern und rennt wieder um das Haus auf den Pferdestall zu. Er entriegelt das Tor und ist schon im Stall.

Auch hier ist ein Höllenlärm, das Eis knallt auf das Dach des Stalls. Die Pferde, die einstehen tänzeln nervös hin und her. Das eine Pferd schlägt nach hinten aus, er erkennt seinen Appaloosa.

Ben blickt sich gehetzt um, aber er kann niemanden sehen. Er legt die Jacke auf den Deckel von einem Futtertrog, um nicht behindert zu sein und schaut sich noch einmal genauer um. Die hintere Wand des Stalls ist eine Natursteinmauer. Ben denkt sich: Hier muss irgendwo ein Zugang sein.

Tatsächlich ist in der Steinwand eine Tür. Vorsichtig öffnet er die Tür guckt durch den Spalt und sieht niemanden. Sofort erkennt er den Flur, durch den er ging als man ihn aus dem Turm holte. Er muss links herum und dann leicht nach unten. Er kommt aus einer der drei Türen, das erkennt er sofort. Eine davon geht also in den Stall. Gut zu wissen, wenn er mit Abraham entkommen sollte.

Er schleicht, den gut beleuchteten Weg der leicht abwärts führt, hinunter. Er kann den ganzen Weg überblicken, niemand ist zu sehen. Hier ist es ruhig. Vom Eisregen ist nichts zu hören. Ben überlegt: Entweder ist der Gang unter der Erde oder die Decke ist auch aus massivem Gestein.

Er schleicht weiter und erreicht die Treppe, die in den schlecht beleuchteten Gang führt. Wieder schlägt ihm der feuchte und muffige Geruch entgegen. Dieser Gang macht einen Bogen und ist nicht zu überblicken.

Langsam bewegt er an der Innenseite der Biegung entlang. Er rechnet mit einer Wache vor der Turmtür. Das funzelige Licht wirft bewegende Schatten und Ben muss sich höllisch zusammenreißen um nicht auf den einen oder anderen bewegenden Schatten zu schießen. Immer wieder sagt er sich, Junge bleib ruhig. Es sind nur Schatten. Hin und wieder bleibt er kurz stehen und horcht. Aber alles bleibt still. Endlich kommt eine letzte Biegung und er sieht die Tür.

Tatsächlich eine Wache, aber sie sitzt auf einem Stuhl und schläft.

Ben schleicht sich an, die Wache bewegt sich, sein Kopf fällt ihm auf die Brust, aber er hebt den Kopf und lehnt ihn mit geschlossenen Augen wieder an die Wand. Ben hält die Luft an, dann macht er noch einen Schritt und schlägt dem Mann gezielt auf den Kopf. Leise knurrt er: „Nun schläfst du noch etwas tiefer."

Wenn er aufwacht wird er fürchterliche Kopfschmerzen haben und sich fragen, was er denn so fürchterliches geträumt hat.

Ben nimmt ihm die Schlüssel ab und schließt die Tür auf. Alles ist dunkel.

Etwas springt auf ihn zu. Seine Hand zuckt hoch mit dem Colt in der Hand: „Verdammt nur eine Ratte." Gott sein Dank hat er nicht geschossen.

Ben geht zurück und holt eine Fackel. Er hält sie in den Turm und sieht Abraham in Ketten an eine Wand gefesselt. Er ist wach und blinzelt ihm entgegen. Ben hält die Fackel so, dass Abraham ihn erkennen kann.

„Abraham bist du okay? Wenn ich dich jetzt losschließe, kannst du stehen? Ich will nicht dass du zusammenklappst wenn ich dich aufschließe."

„Man Sir, was für eine Freude dich zu sehen. Ich klappe nicht zusammen, ich kann stehen und gehen. Da müssen mehr kommen als fünf Zwerge um mich auszuschalten! Du kannst mich losschließen."

Das Licht der Fackel zeigt das ganze Elend. Abraham sieht schlimm aus, sein ganzes Gesicht ist geschwollen, seine Augen Schlitze und sein Grinsen ist nur zu erahnen. Ben guckt sich das Schloss an und dann das Schlüsselbund. Er sucht drei Schlüssel heraus die passen könnten und eine Minute später ist Abraham frei. Er reibt sich die Handgelenke. „Wie geht es der Miss? Ist sie in Ordnung."

„Alles in Ordnung Abraham, wir reden später. Jetzt müssen wir sehen, dass wir aus diesem Mäuseloch wieder herauskommen."

Ben geht vor und schließt die Tür wieder von außen ab. Er schiebt dem betäubten Wächter wieder die Schlüssel in die Jacke und geht voran. Ben hat es eilig. Er zieht Abraham vom Wächter weg. Seine Augen glühen, aber er lässt sich nicht mitziehen, Abraham steht wie ein Fels.

„Den schließen wir jetzt an, dann kann er keinen Unfug machen und um Hilfe rufen wenn er wieder zu sich kommt. Und wenn er drinnen brüllt, dann denken alle, dass ich es bin", grollt Abraham. Ben lässt ihn gewähren, eine Diskussion würde jetzt zu lange dauern, also nickt er nur.

Abraham hebt den Mann leicht auf wie ein Kind und trägt ihn in den Turm. Er nimmt die Kette und schließt ihn an. Schnaufend erklärt er: „So, Sir, jetzt können wir gehen wohin du willst!"

Ben schließt wieder die Tür und geht den Flur zurück. Er kommt an die Treppe und guckt vorsichtig in den geraden und gut beleuchteten Gang. Dann läuft er schnell bis zur Tür zum Stall. Abraham ist dicht hinter ihm. Er geht durch die Tür in den Stall. Wieder empfängt ihn der Höllenlärm der immer noch vom Eisregen kommt. Abraham zuckt zurück: „Was zum Teufel ist das?"

„Abraham, wir haben Eisregen, von hier aus musst du alleine bis zum Hotel kommen. Geht das?"

„Kein Problem!"

Ben sieht wie sich Abraham einen Futterkistendeckel an dem rechts und links zwei Griffe sind über den Kopf hält und grinst.

„Gut so? Der schützt mich bis zur Miss!"

„Wenn ich von jetzt an, nicht in einer Stunde wieder zurück bin, dann nimmst du Ann und flüchtest. Lass dir was einfallen, bei diesem Wetter sind die Hunde nicht draußen und ihr kommt von hier weg. Ich muss noch was erledigen.

Cabot hat Besuch und ich muss herausfinden wer das ist. Es ist Besuch aus der Hauptstadt. Das kann mehr als wichtig sein. Also geh!"

Ben erreicht wieder zur Tür zum Gang.

„Alright! Ich werde alles tun wie du gesagt hast. Ich werde drei bis vier Decken über das Pferd legen und den Einspänner fahren. Dieser Deckel wird der Miss und mir Schutz geben."

Ben nickt und ist schon durch die Tür verschwunden. Ben erinnert sich, diese Tür war eine von drei Türen. Die vordere war die Tür zur Treppe. Er öffnet vorsichtig die Tür. Er kann nichts hören und schließt die Tür wieder leise hinter sich und schleicht vorsichtig die Treppe hinauf. Kurz darauf ist er an der Tür zum Büro von Cabot. Von dieser Seite aus ist die Tür zu sehen. Im Büro konnte er die Tür nicht ausmachen, die hinter einer Wandvertäfelung versteckt ist.

Am Ende des Ganges sieht er einen Tisch mit Fackeln in einer Kiste. Er geht dort hin und nimmt sich zwei Fackeln. Dann schleicht er zurück zur Tür und horcht. Dieses Haus aus massiven Steinquardern ist fast schalldicht. Ben hört nur leises rauschen und Stimmen.

„Schön, dass du da bist. Gut dich zu sehen." Cabot redet weiter: „Darf ich dir meinen Trusti, meinen Vertrauten vorstelle. Das ist Emilio Fernandez. Wir sollten ihm reinen Wein einschenken?"

Für einen Moment ist Stille und er kann Cabot nicht hören. Aber er denkt sich, dass Cabot gleich weiter spricht, und so ist es: „Emilio ist der Mann der alle Geschäfte legalisiert und das Fachwissen für die Bank hat. Er wird der Bankdirektor in Boise werden, für die du ja inzwischen eine Genehmigung erwirkt hast. Also können wir mit der Bank starten. Emilio hat nicht verstanden warum wir Ben Wynn haben laufen lassen. Mit deinem Einverständnis werde ich ihm die ganze Geschichte erzählen."

Es entsteht eine Pause, wahrscheinlich blickt Cabot seinen Gast fragend an.

In diesem Moment hört Ben die Tür unten, verdammt, gerade jetzt, er muss unbedingt wissen wer da bei Cabot ist. Er hört schlurfende Schritte die die Treppe heraufkommen.

Ben läuft leise zum Tisch mit den Fackeln. Er löscht die Fackel am Tisch, so dass er im Halbdunkel steht. In diesem Moment kommt der Fackelwechsler um die Ecke.

„Heh, das ist mein Job, was machen Sie da, ich wechsel hier die Fackeln."

Ben antwortet ruhig: „Natürlich, ich brauche sie nur für den Turm, da darfst du nicht rein."

Dann sagt er schärfer: „Nun nimm deine Fackeln und verschwinde, sonst mache ich dir Beine."

„Ja, Sir, ja. Ich will ja nur die Fackeln."

Ben denkt: Verdammt, er macht zu viel Krach, wenn die uns jetzt hören, dann komme ich hier nicht mehr raus aus dem Mauseloch!

Die Tür geht auf und Cabot blickt um die Tür: „Was ist hier los, was gibt es, reden Sie!" Ben steht im Halbdunkel und sagt: „Mr. Cabot, er macht mal wieder Krach wegen seiner Fackeln. Ich brauche welche für den Turm."

Cabot sagt scharf: „Nehmen Sie die Fackeln und verschwinden Sie. Ich will Ruhe!"

Dann macht er die Tür wieder zu.

Ben atmet leise aus, dann raunzt er: „Na los, nimm deine Fackeln und verschwinde."

Der Mann tritt an den Tisch nimmt sich Fackeln und schlurft wieder die Treppe hinunter.

Wieder horcht Ben an der Tür und hört: „Es ist wichtig, dass vollkommenes Vertrauen da ist, das wird die Grundlage für unser Bündnis sein. Wir sind alle mit Erfolg oder Tod aneinander gebunden, dass sollte allen klar sein, also erzähle es ihm!"

Ben hört die Stimme und denkt, verdammt die kenne ich doch, wer ist das. Ich werde bestimmt noch gleich dahinter kommen.

Cabot spricht weiter: „Als wir merkten, dass Morgan Wynn wahnsinnig und nicht mehr zu lenken ist, wussten wir von der Vereinigung, dass er weg muss. Aber wir konnten ihn nicht einfach so abservieren, da er einen großen Teil des Kapitals der Vereinigung besitzt, nein besaß. Er wurde heute hingerichtet. Wie ich hörte, war er wohl nicht mehr bei Bewusstsein, als der Henker ihm die Schlinge um den Hals legte."

Ben zuckt ein wenig zusammen.

Aber Cabot spricht weiter: „Morgan hat einen Bruder, wie wir alle wissen und der wäre erbberechtigt. Das ging aus zwei Gründen nicht. Erstens wäre damit ein sehr großer Teil des Kapital weggewesen und zweitens ist dieser Ben Wynn, Sheriff und damit nicht für unsere Vereinigung brauchbar. Mein *Bruder* hat dafür gesorgt, dass Ben Wynn aus Texas angefordert wurde um seinen Bruder zur Strecke zu bringen. Auf diese Weise wäre dann dieser Ben Wynn bei seiner Verfolgung im Dienst gefallen. Damit wären beide Brüder weg und das Kapital bleibt bei der Vereinigung. Deshalb musste ich ihn laufen lassen. Wir konnten ihn nicht erledigen, so etwas hätte zu großes Aufsehen und Nachforschungen gegeben. Wie auch mein Bruder immer dafür gesorgt hat, das Anzeigen die Hope betrafen, irgendwie im Sand verliefen. Das hätte uns alle gefährdet. Nun sind zwei Dinge schief gelaufen. Zwar wurde Morgan Wynn nun eliminiert und zwar legal vom Staat, aber der Bruder ist immer noch am Leben, keine Ahnung wieso. Aber er wird hierher kommen in der Absicht uns zu verhaften und hat dich, Bruder darüber informiert. Denn er erwartet von dir Hilfe um mich zu erlegen. Aber wir werden, sobald er hier auftaucht, ihn selber erledigen. Ich gehe davon aus, dass er die Diamanten entweder mitbringt oder sie dir, Bruder übergibt. Damit wären sie so oder so wieder in unserem Besitz."

Cabot schweigt.

Jetzt spricht jemand, der Cabot's Bruder zu sein scheint: „Etwas war von vornherein wichtig. Wenn die Bank erst gegründet ist und läuft, darf es in den ersten Jahren keine Kontrollen geben, wir müssen untadelig dastehen mit weißer Weste, sozusagen.

Erstens war es wichtig den Mord an Howard Keel Morgan Wynn in die Schuhe zu schieben, da er ohnehin schon zu viele Fehler gemacht hatte.

Zweitens war es wichtig, eine Überprüfung von mir und meiner Dienststelle zu erwirken um uns den Segen von oben, also der Prüfungsstelle zu erwirken, wenn wir die Bank übernommen haben.

Nebenbei ist es auch noch wichtig Ben Wynn zu beseitigen, damit er nicht meinen Posten übernimmt, denn er würde unweigerlich irgendwann auf unsere Spur kommen, da er den gleichen Dienstrang hat wie ich."

Ben entrinnt ein Stöhnen. Jetzt ahnt er, wer dort sitzt, aber er kann es noch nicht glauben. Captain McGrath. Ist es wirklich McGrath, Ben wird leicht schwindelig. Das waren Brüder McGrath und Bruce Cabot? Einer hatte einen anderen Namen angenommen, er tippt auf Cabot.

Eine Vereinigung, wie sie sich sein wahnsinniger Bruder Morgan immer vorgestellt hatte. So langsam verstand er das ganze Komplott. Er war der Köder gewesen um seinen Bruder zu bekommen und nicht der Jäger. Das war alles von sehr langer Hand vorbereitet. Es ging alles nur um das Kapital welches sein Bruder besessen hatte, welches man jetzt einfach einkassierte und dazu gehörten auch die Diamanten, dessen Wert er kaum abschätzen konnte.

Jetzt blieb ihm nur noch, ja was blieb ihm denn noch. Ben weiß jetzt, er muss hier weg. Er hatte genug gehört. Das änderte die Situation völlig. Gerade jetzt hört er wieder

Schritte auf den Stufen. Aber dieses Mal sind es keine schlurfende Schritte. Gedankenschnell nimmt er die Fackeln und geht zehn Yards weiter in den entgegengesetzten Gang, löscht eine von den Wandfackeln und wartet bis die Schritte näher kommen. Er steht nun etwas gebeugt im Halbdunkel da wie der Mann der die Fackeln wechselt und wartet, aber die Schritte entfernen sich wieder, dann hört er eine Tür und es ist wieder still. Ben geht schnell zur Treppe und schleicht wieder vorsichtig hinunter.

Er grinst vor sich hin, wenn Cabot wüsste mit wem er gerade wegen der Fackeln gesprochen hat, würde er vor Wut in seinen grandiosen Schreibtisch beißen.

Bald ist er wieder im Stall und das Trommelfeuer des Eisregens empfängt ihn mit ohrenbetäubendem Lärm. Er geht zu der Jacke, die er abgelegt hat und will sie gerade über Kopf und Schultern legen, da bricht der Lärm ab. Schlagartig ist es still. Der Eisregen hat aufgehört. Ben öffnet die Stalltür, sie geht sehr schwer, da er das Eis zur Seite schieben muss. Er sieht hinaus. Eis soweit das Auge reicht. Es reicht zwar nur bis zur Grundstücksmauer, aber was er sieht reicht ihm. Das Eis liegt mindestens 20cm hoch und es ist zu Fuß kaum zu durchlaufen. Wenn ihn jetzt jemand sieht, ist er die beste Zielscheibe. Rennen in dieser Eisschicht ist fast unmöglich, alleine das einfache Gehen wird zum Problem. Trotzdem bleibt ihm nichts anderes übrig. Er muss hier weg. Es wird nicht lange dauern und der normale Alltag setzt wieder ein.

Ben verlässt den Stall und stapft vorsichtig bis zur Grundstücksmauer, dann tritt er auf die Straße und läuft langsam an Cabots Haus entlang bis nach vorne, immer die Schuhe in die Eiskörner schiebend. Hier liegen die Eiskörner noch dicker, denn alles was auf das Dach prasselte liegt hier neben dem Haus. Ben muss den Platz überqueren. Er geht langsam durch das Eis und hofft dass keiner aus der Burg von Cabot kommt und ihn erkennt. Er muss zurück zu Ann, sonst sind sie weg, weil er zu spät kommt. Wie viel Zeit ist jetzt tatsächlich vergangen seit er sich von Abraham verabschiedet hat, fragt er sich. Aus den Augenwinkeln sieht er wie sich die Tür von Cabots Burg öffnet.

Major Don Collier reitet zum Fort von Burley. Hier ist eine kleine Garnison stationiert. Immer wieder treibt er sein Pferd an, denn es sind rund fünfzehn Meilen, von der Stadt Burley bis zum Fort. Er braucht unbedingt Soldaten und er hat es eilig um schnell nach Hope zu kommen. Bis er alle Formalitäten erledigt hatte, dauerte es inzwischen schon einen Tag. Bis sie in Hope sind weitere drei Tage. Eile tut not.

Per Telegraph hat er die Garnison verständigt. Der Standortkommandeur der Garnison Major Sheb Wooley, hat ihm einen Zug Soldaten zugesagt, das sind etwa dreißig Mann. Collier ist sich sicher, dass das völlig reicht gegen zwanzig Banditen.

Major Collier ist trotzdem besorgt, das Wetter ist sehr früh in diesem Jahr, sehr schlecht. Er hofft nur, dass kein Blaueis in den nächsten Tagen fällt, denn dann wird es fast unmöglich noch rechtzeitig zu kommen.

Ja, der Standortkommandeur könnte ihm sogar den Zug verweigern, sollte Blaueis kommen. Deshalb ist es wichtig schnell dort zu sein um Abmarschieren zu können bevor das Wetter sehr viel schlechter wird.

Major Collier kommt am Abend am Ford an, er hat nicht gerastet und nur im Reiten etwas gegessen. Er sitzt kerzengerade auf seinem Pferd und ruft dem Posten über dem Tor zu: „Sergeant, ich bin Major Don Collier aus der Hauptstadt Boise, lassen sie mich ein."

Nach einem Moment geht ein Flügel des schweren Tores aus Baumstämmen auf.

Collier reitet durch das Tor in den Hof. Hinter ihm schließ es sich sofort wieder. Es laufen zwei Soldaten zur Seite, die das Tor geschlossen haben. Dann erst tritt ein Soldat auf ihn zu. Dieser salutiert und fragt: „Sir, Major, was führt Sie zu uns?"

„Sargent melden Sie mich ihrem Standortkommandeur und bitten Sie ihn mich jetzt noch zu empfangen. Gehen Sie vor, ich werde Ihnen folgen."

„Sir, jawohl, Sir Major!"

Der Soldat schlägt die Hacken zusammen und dreht sich auf dem Absatz um. Dann marschiert er über den Exerzierplatz zum nächsten Gebäude und verschwindet darin. Collier sitzt ab, ein Soldat nimmt ihm das Pferd ab und der Major geht die fünf Stufen hoch tritt unter das Vordach und betritt auch das Gebäude.

In diesem Moment kommt ihm der Adjutant von Major Sheb Wooley entgegen. Er grüßt zackig und meldet: „Major, Sie werden vom Major erwartet. Bitte folgen Sie mir."

Der Adjutant öffnet eine Tür, tritt ein und meldet: „Major Collier, Sir."

Major Collier betritt das Büro vom Standortkommandanten, dieser zieht gerade seinen Säbel an der Seite zurecht, offensichtlich hat er diesen gerade umgebunden und blickt nun Major Collier entgegen. Obwohl er gerade seine Kleidung geordnet hat, benutzt er seinem Freund gegenüber die privaten Worte: „Komm, Don."

Er tritt Major Collier entgegen und reicht ihm nachdem er kurz die Hand an die Stirn gelegt hatte, die Hand.

„Nimm Platz!" Seine rechte Hand weist auf einen schweren Sessel. Zu seinem Adjutant gewandt sagt er: „Sie können gehen, danke."

Daraufhin umrundet er seinen Schreibtisch und setzt sich. Collier blickt sich um, in dem spartanisch eingerichteten rustikalen Büro sieht man, dass alle Wände aus Baumstämmen gefertigt wurden. Hinter dem großen aber schlichten Schreibtisch stehen die Fahnen der Vereinigten Staaten und die Regimentsfahne.

An der Wand befindet sich ein halbhoher Schrank auf dem eine Whiskykaraffe und Gläser stehen. Beides ist aus geschliffenem Kristallglas. Auf dem Schreibtisch bemerkt er Schreibzeug, ein Tintenfass ein Federhalter mit einer Schreibfeder und ein kleines Gefäß in dem er den Sand zum Ablöschen der Tinte vermutet. Daneben steht eine Klingel mit der er wohl den Adjutanten ruft.

Wooley blickt ihn an: „Einen Whisky?" gleichzeitig hebt er eine Zigarrenkiste an, öffnet sie und bietet sie Collier an: „Zigarre? Sie sind wirklich gut!"

Collier nickt, greift zur Zigarre, beißt die Spitze an und spukt sie in die Ecke, dann zündet er sie sich an.

Wooley holt den Whisky und zwei Gläser, gießt ein, reicht ihm ein Glas und geht wieder um seinen Schreibtisch herum um sich zu setzten. Beide schweigen. Collier nimmt einen kleinen Schluck und blickt sein Gegenüber an, er räuspert sich und beginnt: „Ich habe mich sehr beeilt und ich danke dir für deine Hilfe. Ich brauche den Zug jetzt sofort und will noch heute wieder mit den Leuten abziehen."

Wooley nimmt einen Zug aus der Zigarre und blickt Collier nachdenklich an. Sein Blick ist leer und endlich kommen seine Worte aus seinem schmalen, mit harten Zügen versehenen Mund: „Du weißt, was du da von mir verlangst. Ich rieche jetzt schon das Blaueis und meine Knochen verraten mir, dass es in den nächsten zwei bis drei Tagen da ist. Wenn ich dir jetzt die Männer anvertraue, ist es sehr wahrscheinlich, dass sie in das Unwetter reiten, das gefährdet die Männer und hilft niemanden."

Collier ruckt hoch. Aber Wooley stoppt ihn mit einer Geste die Handfläche und fährt fort: „Lass mich ausreden. Ich sage nicht, dass ich dir die Männer nicht gebe, aber ich will wissen warum es so dringend ist und wie du sie durch das Blaueiswetter bringen willst? Nun?"

Sein Blick bohrt sich Collier direkt in die Augen, dieser weicht dem Blick nicht aus, sondern erwidert ihn.

Collier sitzt kerzengerade im Sessel und nimmt die Zigarre aus dem Mund und antwortet: „Gut, Sheb, ich denke, das bin ich dir schuldig." Er wedelt mit der Zigarre in der Hand: „Nur so viel, Du weißt, dass ich mit die Marschallausbildung leite. Wir haben irgendwo einen Maulwurf in unseren Reihen. Ich weiß noch nicht wer, aber einer meiner besten Männer ist in Gefahr von einer Banditenbande, die die besten Informationen hat, liquidiert zu werden. Er ist zwar gut, aber ich denke gegen zwanzig Mann, hat auch er keine Chance. Ich brauche die Männer um dieses Nest *jetzt* auszuheben und herauszubekommen wer der Maulwurf ist und das geht nur jetzt. Später ist es zu spät. Soweit dazu. Nun was das Wetter angeht", Collier lehnt sich wieder zurück in den Sessel: „Natürlich habe ich mir Gedanken über den Schutz der Männer vor dem Blaueis gemacht. Hör zu!"

Ann steht in der Küche und kocht. Sie summt vor sich her und denkt an Ben. Werden sie nun von hier verschwinden. Wo werden sie hingehen können, wo sie vor Cabot sicher sind?

Sie wird mit Ben mitgehen, und hier alles zurücklassen. Gut sie hat ein bisschen Geld, aber dies Hotel ist ihr Kapital. Aber nun ist es nichts mehr wert. Bald wird sie hier weg sein. Was wird sie mitnehmen können? Sie weiß, sie liebt Ben und sie hat vollstes Vertrauen zu ihm. Er wird bestimmt eine Möglichkeit finden, wo sie bleiben und wie sie überleben werden. Sicher hat er schon eine genaue Vorstellung davon wie es mit ihnen beiden weiter gehen soll. Wenn es möglich ist, kann sie vielleicht wieder ein Hotel eröffnen. Man wird sehen, mit Ben scheint alles möglich. Sie ist so in ihren Gedanken und der Arbeit vertieft, dass sie nicht hört wie die Tür leise aufgeht und jemand hereinkommt.

„Miss, ich bin wieder da!"

Ann fährt herum, sieht Abraham und ruft: „Abraham, wo kommst du her, hast du Ben gesehen? Komm setzt dich ersteimal. Du siehst ja fürchterlich aus, was hat man dir angetan. Hast du Hunger?"

Ihre Stimme wird leicht schrill.

„Miss es ist alles in Ordnung. Ja, ich habe Ben gesehen, er hat mich aus der Burg von Cabot geholt, er kommt nach..."

Er nimmt sich einen Stuhl und setzt sich. In der Küche ist es warm und die Erschöpfung macht sich jetzt auf einmal bemerkbar: „Ja, ich habe Hunger…Miss, ich erzähle ihnen alles später, ich werde jetzt ein bisschen schlafen, etwa eine Stunde, bitte wecken sie mich, das ist sehr wichtig!"

Er geht in den Nebenraum und setzt sich wieder an den dort stehenden Tisch. „Ich bleibe hier, wenn Sie mich brauchen, rufen Sie."

Seine Stimme wird leiser. Dann fällt sein Kopf auf die Arme, die er auf die Tischplatte gelegt hat und er ist schon eingeschlafen.

Ann geht kurz aus dem Raum und holt eine Decke und legt sie ihm über die Schulter und deckt ihn damit zu. Abraham bemerkt es und murmelt noch: „Da steht ein Pferd auf dem Flur, ich bringe es gleich in den Stall…" Dann ist er wieder eingeschlafen.

Ann wendet sich wieder ihrem Herd zu. Es ist jetzt schon etwa eine Stunde vergangen und sie hat das Hauptessen fast fertig, nun muss sie sich dem Nachtisch und dem Entré zuwenden. Ihre Gedanken rasen in ihrem Kopf.

Eben war sie noch so zuversichtlich und auf einmal schlägt ihre Stimmung um. Abraham sah so furchtbar aus. Sie guckt auf die Wanduhr.

Es ist jetzt siebzehn Uhr. In einer Stunde wollte Abraham geweckt werden. Wo war Ben, was tut er? Wo kommt auf einmal Abraham her, was wurde ihm angetan? Woher konnte Ben wissen wo er ist und wie hat er ihn frei bekommen? Ist Ben überhaupt noch frei, vielleicht hat man ihn gefangen. Was passiert, wenn er gefangen wurde? Was soll sie dann machen?

Ihr schwirrt der Kopf: „Konzentrier dich auf das Essen, immer Schritt für Schritt!" sagt sie laut zu sich.

Plötzlich hört sie, wie das Trommeln des Eisregens aufhört. Es tritt eine unheimliche Stille ein. Wieder horcht sie in sich hinein, wird es jetzt noch gefährlicher für Ben?

Sie geht zum Fenster, öffnet es und den Fensterladen und blickt hinaus. Überall eine dicke Eisschicht aus den Blaueiskörnern. Diese Körner werden jetzt zusammenfrieren und eine gefährliche tückische Schicht Eis ergeben. Es wird sich kaum noch jemand auf die Straße trauen, in etwa einer halben Stunde, wenn alle Körner zusammengefroren sind, wird nicht mal mehr ein Pferd sicher über das Eis kommen.

Plötzlich wird ihr schrecklich bewusst. Auf dieser Eisfläche ist eine Flucht völlig ausgeschlossen. Ihr stockt der Atem. Eingeschlossen in der Höhle des Löwen und das Wetter ist auch noch so tückisch wie Cabot und gegen sie. Was wird jetzt werden? Wenn sie merken, dass Abraham weg ist, werden sie ihn suchen und zwar bei ihr. Ihr Herz zieht sich zusammen. Eigentlich wird es immer noch schlimmer, hört denn dieser Wahnsinn überhaupt nicht mehr auf?

Sie rührt gedankenverloren im Topf. Dann reißt sie sich zusammen und sagt sich: „Das Essen ist jetzt wichtig, falls jemand kommt."

Sofort ist sie wieder bei der Sache und arbeitet zielgerichtet weiter an ihrem Menü. Schnell und leicht gehen ihr die Handgriffe von der Hand und bald ist der Nachtisch fertig. „Jetzt noch das Entre", sagt sie sich, dann ist das Essen fertig und kann abgeholt werden.

Da wird die Tür aufgerissen und Emilio Fernandez kommt zur Tür hinein gestapft. Er schlägt die Tür wieder hinter sich zu, starrt sie an und fragt barsch: „Wie weit bist du mit dem Essen?"

Die Tür geht auf und Laremy tritt aus dem Haus. Er blickt sich um und sieht den Toten an der Wand lehnen. Er sieht die Bewegung von Ben, der vorsichtig durch das Eis watet. Er begreift sofort und brüllt auf: „Du Schwein, ich leg' Dich um." Er reißt seinen Colt aus dem Holster und tritt nach vorne. Es ist eine Bewegung. Dabei tritt er auf die Eiskörner auf dem Holzsteg, der Schwung des Waffe Ziehens und seiner Schritte lassen ihn auf dem Eis ausrutschen und auf den Rücken fallen, der Schuss geht los und fährt in den Himmel.

Da er auf die Bretter des überdachten Holzfußwegs vor dem Haus gefallen ist, kommt er sofort wieder hoch, aber Ben ist schon in der Gasse verschwunden. Noch ist das Eis nicht völlig zusammengefroren. Es gibt noch nach und Ben kann wenigstens langsam teils auf dem Eis und teils durch das Eis vorangehen.

Immer wieder sichert er nach hinten. Auch muss er aufpassen, dass nicht von oben eventuell ein Eiszapfen oder losgeschlagenen Holzziegel herunterfallen und ihn treffen würden. Hinter sich hört er Laremy brüllen. Der schreit jetzt seine ganzen Kumpane zusammen.

Ben denkt, wir werden uns im Hotel verschanzen müssen. Auf jeden Fall gibt es etwas zu essen bei Ann. Er brummt grimmig in sich hinein: „Die Jungs werden auch von ihm Essen bekommen, und zwar blaue Bohnen. Er hofft nur, dass sie so wild sind und ihre Vorsicht vergessen, weil sie sich überlegen und zu Hause fühlen. Dann kann er zwei, drei oder vier sofort erledigen. Das wird sie zwar vorsichtiger machen, doch es wird sie erst einmal auf Abstand halten."

Ben sichert am Ende der Gasse und geht hinüber zum Hotel, alle Fensterläden sind geschlossen, nur in der Küche ist ein Flügel der Fensterläden geöffnet und man kann Licht in der Küche sehen. Ben geht über den Platz und betritt das Hotel von vorne. Er schließt vorsichtig die Tür, die seltsamerweise nicht richtig geschlossen ist und Eiskörner liegen im Flur. Nun ist er alarmiert. Er verriegelt die Tür und schleicht leise zur Küche. Schon im Speisesaal hört er die Stimme von Fernandez.

„Der Chef war monatelang sehr nachsichtig mit dir. Er hat dir das Hotel gefüllt und dafür gesorgt, dass du überleben kannst. Aber unsere Lady ziert sich. Sie ist sich zu gut. Ich persönlich weiß überhaupt nicht was er an dir findet. Ist das Essen jetzt fertig?"

Ann nickt und antwortet: „Ja, es ist fertig!"

Ihre Stimmer vibriert.

„Gut, dann kannst du es rüberbringen, und da der Boss so lange so freundlich zu dir war, ist es wohl selbstverständlich, dass es ein Geschenk des Hotels ist, nicht wahr?"

„Nein, das Essen wird bezahlt!"

Ben steht in der Tür mit der Waffe in der Hand. Fernandez zuckt zusammen und seine Hand zum Colt.

„Versuche es, es würde mich freuen! Dann muss ich mich mit dir nicht aufhalten. Na, los."

Aber Fernandez ist zu erfahren, er nimmt die Hand demonstrativ von der Waffe hoch und dreht sich um.

„Ah, unser Sheriff, sieh da. Ich hoffe er hat die Diamanten dabei. Ansonsten ist dein Leben keinen Cent mehr wert. Wurde auch Zeit, dass Sie auftauchen. Wir haben gehört, dass Morgan Wynn gehenkt wurde, Glückwunsch. Nun können Sie mir die Steine geben, dann lass ich Sie vielleicht laufen."

„Waffengurt fallen lassen!"

Ben sagt es kurz und scharf. Die Vordertür ist zwar verriegelt, doch was ist mit der Hintertür? Er weiß, er hat nicht viel Zeit, gleich sind die Banditen da und dann wird es brenzlig. Aber er hat nun unverhofft eine Geisel. Das sind jetzt bei Weitem bessere Aussichten als noch vor fünf Minuten. Er spannt den Hahn seiner Waffe ohne Abzug. Fernandez hat selber solch eine Waffe und weiß, wenn der Daumen abrutscht, fängt er die Kugel. Vorsichtig öffnet er die Schnalle des Revolvergurtes und lässt die Waffe zu Boden fallen.

„Sie wissen, was Sie da tun. Wenn Sie so weiter machen, haben Sie keine Chance mehr hier lebend wieder wegzukommen."

„Umdrehen, Hände auf den Rücken, los Mann! Oder soll ich es für Sie machen?"

Fernandez dreht sich um. Er weiß, wenn Ben es macht, heißt das, das er selbst dann ohne Bewusstsein ist. Er will den Schlag nicht riskieren. Ben zieht seine eisernen Handschellen aus der Tasche und legt sie um die Handgelenke auf dem Rücken, dann dreht er die Schrauben fest. Daraufhin untersucht er Fernandez nach weiteren Waffen und findet auch noch einen Derringer und ein Messer im Stiefelschacht. Er schiebt Fernandez vor sich her in den Speisesaal und reißt dann eine Schnur von der Gardine und fesselt er ihn an einen Stuhl mit der Gardienenschnur.

Er öffnet nun ein Fenster und die Fensterläden. Er schaut vorsichtig hinaus. Noch ist niemand zu sehen.

„Man, Wynn, ich habe Sie für klüger gehalten. Sie scheinen doch nicht so eine große Nummer zu sein. Sie sind lebensmüde. Wollen Sie sich wirklich mit uns allen anlegen. Bei uns können Sie groß werden und nicht so ein kleiner Schnüffler bleiben."

Fernandez grinst und schüttelt den Kopf. „Man Wynn werden Sie vernünftig."

Ben ignoriert ihn, ihm wird fast übel, wie oft hat er diese Sprüche von seinem Bruder gehört. Er kennt sie auswendig und könnte sie fast besser vorbringen als Fernandez. Er schließt das Fenster wieder, lässt aber den Fensterladen offen.

Er geht zurück in die Küche und fragt Ann: „War Abraham hier?"

„Nimm mich in den Arm, Ben ich brauche jetzt ein wenig Halt. Ich muss irgendwie fühlen dass mich etwas festhält."

Sie blickt ihn verstört an. Ben geht zu ihr und nimmt sie sanft in den Arm. Ihr Kopf liegt an seiner Brust. Er streichelt ihr liebevoll über das Haar. „Sag liebe Ann, ist Abraham hier?"

Ann bewegt sich und blickt ihm in die Augen: „Ben wie soll es jetzt weitergehen?"

„Ann, liebe Ann, alles wird gut. Ist Abraham hier?"

Endlich scheint Ann ihn zu hören. Sie zuckt zusammen und sagt: „Ja, Abraham ist nebenan und schläft in dem Raum wo du gebadet hast. Er ist sofort eingeschlafen, er hat nicht einmal etwas gegessen. Willst du zu ihm? Was machen wir jetzt mit dem Essen?"

„Liebe Ann, wir müssen jetzt stark sein, es wird hart für uns. Du musst dich innerlich wappnen. Sind noch irgendwo Türen offen oder Kellerfenster oder Klappen durch die jemand in das Haus kommen könnte? Du musst es mir *jetzt* sagen, es ist sehr wichtig."

Er küsst sie auf die Stirn und streichelt ihr Haar. Ann scheint sich langsam zu beruhigen.

„Ja, die Hintertür ist noch offen und dein Pferd steht da auch noch. Die Ladeklappe für den Vorratskeller ist auch nicht verschlossen und die Tür zum Stall ist offen."

Sie sieht auf die Wanduhr und bemerkt: „Es ist nach achtzehn Uhr ich sollte jetzt Abraham wecken."

„Lass ihn noch schlafen, wir werden ihn brauchen und dann sollte er weitestgehend fit sein. Ich schließe jetzt die Türen und die Klappe. Ich bin gleich wieder da."

Ben nimmt die Petroleumlampe und zündet sie an, er geht durch die Stalltür und holt Heu für sein Pferd, das immer noch auf dem Flur steht, dann verriegelt er sie innen vom Hotel aus und geht zu seinem Pferd.

Hier schließt er auch die Hintertür und verriegelt sie. Er legt seinem Pferd das Heu hin und nimmt den Sattel ab und legt ihn etwas weiter auf den Fussboden. Die Satteltaschen mit der Munition nimmt er auch nicht mit. Er geht vorsichtig aus dem Haus zur Kellerklappe und schließt die Außenkellerklappe ab und legt auch hier einen Riegel vor, der unter der Klappe einrastet und nur noch von innen wieder zu lösen ist.

Ben eilt wieder ins Haus. Er verschließt wieder sorgfältig die Vordertür, nimmt seine Satteltaschen auf und geht zur Kellertür. Die Treppe ist in den Felsen geschlagen, wie auch der Keller in den gewachsenen Felsen geschlagen ist. Das ist sehr selten. Dem Erbauer des Hotels muss ein sehr kühler Keller im Sommer sehr wichtig gewesen sein. Er sieht sich um und entdeckt das Kellerloch oberhalb einer schrägen Rutsche von mindesten fünf bis sechs Yards, schätzt er.

„Deshalb war die Klappe nicht verschlossen. Sie wieder zu öffnen ist ja wahnsinnig mühsam", brummt Ben.

Er geht wieder nach oben und verschließt die Kellertür. Vorerst sind sie sicher. Als er wieder in die Küche kommt hört er noch Fernandez: „….Ich persönlich habe nie verstanden was Cabot an dir findet. Du glaubst doch nicht, das Cabot dich noch nimmt, er wird dich an die Holzfäller verkaufen. Die werden dich benutzen und dir dann das Fell abziehen…"

Ben ist schon im Speisesaal. Er tritt auf Fernandez zu und zischt: „Hör zu, ich sage es dir nur einmal. Sperr deine Ohren weit auf, damit du mich auch richtig verstehst, ich will von dir nichts mehr hören, wenn du nicht ruhig bist schieße ich dir in den Fuß, dann hast du andere Sorgen."

Seine Stimme ist zu einem Klirren geworden und seine Augen funkeln: Ich bluffe nicht. Ich tue immer was ich sage!

Fernandez ist einen Augenblick verblüfft und schaut ihn entgeistert an. Dann murrt er: „Das wagst du nicht, du bist Sheriff."

Ben zieht den Revolver und zieht den Hahn zurück, er zielt auf den Fuß.

Fernandez starrt ihn entgeistert an, aber er sagt nichts.

„Du hast es gehört Emilio. Ich werde mich mit Sicherheit nicht wiederholen!"

Ben dreht sich um, steckt den Colt wieder ins Holster und geht ich die Küche. Dort legt er die Satteltaschen auf einen Stuhl. Er öffnet die Taschen und sieht hinein, er nimmt alle Patronen heraus und legt sie auf den Tisch. Weiter holt er die Diamanten aus der einen Tasche und sieht sich um: „Ich brauche ein Glas mit Kandiszucker, hast du so etwas?"

Ann dreht sich um und greift auf ein Regal und gibt ihm ein Glas, das vorne eine große Öffnung hat und mit einem ebenso großen Korken verschlossen ist. Ben kann die weißen Kandisstücke sehen. Er nimmt den Korken ab und seine Hand pass leicht durch die Öffnung. Er nimmt ein kleines Kristallstück heraus und steckt es in den Mund. Er grinst: „Gut! Ann hast du ein bisschen weißes Papier?"

Sie nickt und gibt ihm ein Stück weißes Seidenpapier. Dabei guckt sie ihn mit neugierigen Augen an. Er öffnet den Beutel mit den Diamanten und schüttet die Diamanten in das Seidenpapier, faltet das Papier um die Diamanten zusammen und legt es auf den Tisch. Er entleert das Glas, wickelt die Diamanten in das Papier und schiebt alles zusammen in das Glas. Nun schüttet er die weißen Zuckerkristalle wieder hinterher. Er verschließt das Glas mit dem Korken.

Er wendet sich um und fragt: „Ann, was hast du an Waffen und Munition im Haus? Wir werden uns hier vorerst einigeln müssen. Ich glaube zwar nicht, dass sie in absehbarer Zeit hierherkommen, denn sie haben draußen keinen sicheren Stand, aber wir sollten vorbereitet sein.

„Das Schwein hat Noah erschossen! Los kommt raus, wir ziehen ihm die Haut ab." Laremy rennt in das Haus und brüllt weiter. „Los Leute, kommt raus, wir erledigen den Kerl!"

Die Stimme von Laremy hallt durch das Haus. Mehrere Männer laufen zusammen um zu hören was los ist. Da kommt von der Treppe die messerscharfe Stimme von Bruce Cabot: „Was ist dort unten los. Ruhe!"

„Mr. Cabot, Boss, Noah wurde erschossen, von diesem Wynn! Wir werden ihn uns jetzt vornehmen und erledigen."

„Kommen Sie hoch Laremy und dann erzählen Sie es mir hier oben, los Beeilung. Die Anderen gehen wieder auf ihre Posten."

Laremy stürmt die Treppe hoch, er nimmt immer zwei Stufen auf einmal. Cabot geht in sein Büro und Laremy hinter ihm her.

„Hinsetzen, jetzt noch einmal, aber ganz von vorne und in Ruhe, also was war los?"

„Mr. Cabot. Als ich nach draußen kam, lag Noah an der Hauswand und war tot. Er war bei der McCrea um das Essen für Sie zu bestellen. Dieser Wynn verschwand gerade in der Gasse zum Hotel. Wir sollten ihn uns jetzt schnappen und erledigen."

„Sind Sie fertig?"

„Ja, Boss. Mr. Cabot, Sir."

„Gut, dass Sie mir das sagen. Aber das nächste Mal kommen Sie gleich zu mir und schreien nicht das ganze Haus zusammen. Vor allem sagen nicht *Sie* den Männern was sie tun sollen. Das mache ich, habe ich mich klar und deutlich ausgedrückt, Mr. Laremy?"

„Ja, Mr. Cabot, natürlich. Ich werde mir das merken, Sir!"

„Das hoffe ich für Sie, sonst muss ich es Ihnen beibringen." Cabot sieht den Mann mit Haifischaugen an. Laremy rieselt ein Schauer über den Rücken, seine ganze Aufregung sackt in sich zusammen und er sitzt da und nickt mit dem Kopf: „Ja, Sir, ja. Ich werde es mir merken!"

Cabot sieht ihn weiter eiskalt an. Sie können jetzt gehen. Wenn ich noch einmal etwas von Ihnen höre, können Sie im Turm darüber nachdenken."

Er macht eine Pause und Laremy geht zur Tür. Als er die Tür öffnet, spricht ihn Cabot noch einmal an: „Schicken Sie mir Silk nach oben."

„Ja, Sir, Mr. Silk nach oben schicken. Wird sofort erledigt."

„Ab!"

Cabot wartet bis die Tür geschlossen ist und setzt sich an seinen Schreibtisch. Nach einem Moment klopft es an der Tür.

„Kommen Sie rein."

„Sie haben mich rufen lassen?"

„Nehmen Sie Platz Mr. Silk." Es klimpert ein wenig als er sich setzt. Der Mann ist ganz in schwarz gekleidet. An der Hosennaht sind Silbermünzen angenäht. Er nimmt seinen Hut ab. Der Hut ist ebenfalls schwarz, doch das Hutband besteht aus Silbermünzen. Er sagt nichts, sondern sieht nur Cabot an.

„Wo ist Emilio? Wissen Sie das?"

„Ja natürlich, es ist mein Job es zu wissen. Er ist zum Hotel gegangen, direkt nachdem der Eisregen aufgehört hat, um nach dem Essen zu sehen und wenn es fertig ist, mitzubringen."

„Ist er schon zurück?"

„Nein."

„Mh, hören Sie zu Mr. Silk. Mr. Wynn ist wieder in der Stadt und wahrscheinlich im Hotel. Es kann sein, dass Emilio mit Wynn zusammengetroffen ist. Im Moment ist die Stadt vereist und niemand kann sie verlassen, nicht zu Fuß und auch nicht mit einem Pferd. Also ist Wynn noch im Hotel. Ich will aber Bescheid wissen. Nehmen Sie sich einen Mann und schicken Sie ihn hinter das Hotel und lassen Sie es beobachten. Sie selber gehen zum Schneider gegenüber vom Hotel und beobachten von dort aus das Haus. Sie machen es selber und *Sie* sind mir mit ihrem Kopf dafür verantwortlich, dass Ihnen nichts entgeht. Hier ist ein Fernglas."

Er zieht die Schublade seines Schreibtisches auf und nimmt ein Fernrohr heraus. Es ist zusammengeschoben. Er reicht es Mr. Silk und fordert weiter: „Versuchen Sie in das Haus zu sehen und zu erkunden ob Emilio dort drinnen ist. Verstanden? Nur Beobachten und sonst nichts. Klar?"

„Ich habe Sie genau verstanden, ich gehe jetzt."

„Gut, sorgen Sie dafür, dass Sie einen Kurier vorher bestimmen, der alle zwei Stunden Ihre Nachricht zu mir bringt, das gleiche für den Mann hinter dem Hotel!"

„Okay!"

Mr. Silk erhebt sich, setzt seinen Hut auf und verlässt das Büro.

Laremy sitzt im Saloon und brütet vor sich hin. Noah ist tot. Ohne Noah fühlt er sich nur noch wie ein halber Mensch. Böse Wut ist in ihm. Dieser Lackaffe von Boss, aber egal, bis jetzt waren sie ja gut mit ihm gefahren. Er musste sich etwas einfallen lassen, wenn dem Boss nichts einfiel, dann war er gefordert, und ihm wird etwas einfallen, das war er Noah schuldig. Sein bester Kumpel war tot. Er kann es immer noch nicht glauben und er ist nicht gerächt worden. Noch nicht, aber es wird nicht mehr lange dauern, dann ist dieser Wynn tot, ja tot. Mausetot. Dieser Wynn, der Mistkerl hatte sie beide damals zusammengeschlagen, nur weil sie ihn gewarnt hatten und was hatte dieser Mistkerl gemacht, er hatte sie gleich zusammengeschlagen und überhaupt hatte er auch zwei von ihren Männern krank geschossen. Sie waren dann später davon geritten, weil sie nicht mehr schießen konnten.

Diesen Wynn muss man doch sofort erledigen, am besten Vierteilen. Er sitzt da mit hochrotem Kopf und sinnt auf Rache, wie kann er den Wynn erledigen ohne Cabot in die Quere zu kommen. Er nimmt sich eine Flasche Whisky von der Theke und schüttet sich ein Glas ein. Er muss nachdenken und irgendetwas tun. Das muss gerächt werden, verdammt. Diesem Kerl wird er die Haut abziehen. Er hat bestimmt Noah hinterhältig erschossen. Noah saß so friedlich dort. Dieses Schwein, ich kriege ihn so oder so. Er wirft vor Wut das Glas in die Ecke und trinkt aus der Flasche.

Der Wirt zuckt zusammen, sagt aber nichts und nickt nur seiner Frau zu, die die Scherben wegfegt.

Laremy grübelt weiter, ihm wird etwas einfallen um Wynn zur Strecke zu bringen. Wenn er daran denkt, dass er jetzt ohne Noah reiten muss, wird ihm ganz heiß. Sie haben alles zusammengemacht. Gesoffen, in den Kneipen Spaß gehabt und in den Hurenhäusern zusammen die Huren vernascht. Alleine macht das keinen Spaß mehr. Seine Gedanken kreisen immer wieder um seine Rachepläne. Immer weiter trinkt er aus der Flasche und seine Gedanken kreisen. Rache, denkt er. Er muss irgendwie eine Idee haben. Er steht schwankend auf und holt sich eine zweite Flasche. Er beißt in den Korken und zieht ihn aus mit den Zähnen aus der Flasche. Dann spuckt er ihn aus und noch im Stehen setzt er wieder die Flasche an. Inzwischen hat er jedes Maß verloren und säuft den Whisky wie Wasser. Er setzt sich hin und rutscht vom Stuhl unter den Tisch. Danach merkt er absolut nichts mehr. Die Flasche steht neben ihm und ist seltsamer Weise nicht umgefallen.

Major Collier führt seinen Zug an. Er ist noch etwa zehn Meilen von Hope entfernt als der Eisregen einsetzt. Sofort lässt er absitzen. Der mitgeführte Planwagen wird mit der

Querseite nach Norden gedreht. Es ist ein Riesenplanwagen mit drei Planen übereinander. Geeignet für große lange Transporte. Alle dreißig Mann werden in den Planwagen befohlen. Die Pferde werden nebeneinander an die Südseite des Wagens gebunden. So sind wenigstens ihre Köpfe ein wenig vor den Eiskugeln sicher. Den Pferden werden noch die dicken Pferdedecken aus dem Wagen übergelegt und dann verharren die Soldaten im Wagen.

Collier kennt sich aus in diesem Land. Dieser Eisregen ist der erste und wird nicht lange dauern. Ein paar Stunden und danach wird Sturm aufkommen. Aber es bleibt ihm nichts anderes übrig als diesen Eisregen auszusitzen.

Er rechnet, wenn der Eisregen zwei Stunden dauert wird er gegen Mitternacht in Hope sein, wenn er drei Stunden dauert wird er mehr als zwei Stunden später dort sein. Je länger der Eisregen dauert, desto höher liegt das Eis und desto mühsamer wird das Weiterkommen. Zwar haben die Pferde Dornen an den Hufen und kommen daher besser mit dem Eis zurecht, aber es wird auch für die Pferde schwer. Sein Vorteil wird sein, dass nach dem Eisregen der Sturm kommt, und damit wird er unerkannt bis Hope kommen. Denn bei dem Sturm wird kein Mensch draußen sein, nur seine Reiter und er.

So sitzt er zwischen seinen Männern und es ist verdammt kalt. Er sieht seinen Leutnant scharf an und durch das Getöse des Eisregens brüllt er: „Ein Lied!"

Sofort stimmt der Sargent, der ihn wohl beobachtet und diesen Befehl erwartet hat, ein Lied an und brüllt es seinem Nachbarn ins Ohr. Dieser macht es so bei seinem Nachbarn. Nach einer kurzen Weile hört man die dreißig Männer singen und man kann es sogar verstehen. Durch das Singen wird den Männern wärmer. Sie wippen mit den Füßen im Takt des Liedes und so bleiben ihre Füße warm. Sie brüllen gegen das Ungeheuer an, einige fangen an zu lachen. Das ist ein gutes Zeichen. Die Spannung löst sich. Jetzt heißt es nur noch durchhalten bis der erste Eisregen vorbei ist. So singen sie und fangen an sich dazu zu bewegen. Sie nicken sich zu und grinsen. Major Collier merkt, er hat gute Männer bekommen. Erfahrene Soldaten die sich nicht ins Bockshorn jagen lassen.

Silk sitzt inzwischen beim Schneider in der Stube am Fenster. Er lässt sich von der Schneidersfrau Essen und Trinken bringen, aber nur Brot mit Käse und Tee. Das Brot und den Käse beguckt er misstrauisch und genau.

Hier weiß niemand wie alt schon die Lebensmittel sind, Cabot hat einen Vorkoster und er wundert sich gerade, dass der Mann immer noch lebt. Entweder der Mann hat einen Pferdemagen, unheimliches Glück oder der Koch vom Saloon kauft sehr intelligent ein, bisher hat er ja bei der McCrea gegessen.

Hin und wieder blickt er durch das Fernrohr und versucht etwas zu entdecken. Bis jetzt hat niemand das Haus verlassen, auch Emilio hat er bis jetzt noch nicht gesehen. Drüben im Speisesaal ist ein Fensterladen geöffnet und auch in der Küche ist einer offen. Er sieht hin und wieder Bewegung, kann aber nur Miss McCrea erkennen, da sie ein Kleid trägt. Ansonsten ist alles unverändert. Er schickt die beiden Schneidersleute aus der Stube, denn ihre Ängstlichkeit nervt ihn. Außerdem kann er nicht dauernd aus dem Fenster gucken und die beiden Personen im Auge behalten, er hat schon ängstliche Leute erlebt, die in Panik die dümmsten Sachen angestellt haben. Er will einfach nur seine Ruhe um konzentriert beobachten zu können.

Wieder einmal schaut jemand aus dem Fenster. Diesmal kann er Wynn erkennen. Er ist sich sicher, dass sie Emilio festgesetzt haben. Cabot, denkt Silk, lässt sie in ihrem eigenen Saft schmoren. Vielleicht geben sie irgendwann auf und dann kann man zuschlagen. Deshalb soll er wohl nur beobachten, er hat ganz klare Anweisungen vom Boss.

Er ist intelligent genug um zu wissen, wann nur zu beobachten ist und wann gehandelt werden soll. Immerhin kommt er in der Rangfolge gleich nach Emilio. Er mag Emilio nicht, aber man muss die Leute nicht mögen mit denen man zusammenarbeiten muss. Es ist ihm egal, er hat bis jetzt immer einen Job als Gunman gefunden und das wird auch weiter so sein. Er ist zwar kein Edelgunman aber er ist intelligent genug die einen von den anderen zu unterscheiden. Nur deshalb lebt er noch. Eigentlich macht er sich kaum Gedanken um seinen Beruf. Er tut was er kann und kann so gut leben. Wieder guckt er durch das Glas und sieht jetzt wie das Fenster im Speisesaal weiter geöffnet wird und der Fensterladen an der Hauswand arretiert wird. Wynn muss sich weit aus dem Fenster lehnen um den Fensterladen zu arretieren.

Es ist dunkel, aber im Raum brennt jetzt irgendwo Licht und er kann jemanden auf einem Stuhl sitzend erkennen. Es ist ein Mann, das kann er an der Hose erkennen. Jetzt bewegt er sich und man sieht die Schnüre. Aha, das ist Emilio. Silk ist leicht belustigt. Emilio in Fesseln. Dieser Tiger in Fesseln, was für eine Niederlage für diesen Mann. Aber ihn kümmert das nicht, er wird Cabot Bescheid geben.

Der Kurier wird ohnehin gleich erscheinen. Es gibt etwas zu berichten. Er ruft die Schneidersfrau. Sie soll ihm Papier und Schreibzeug bringen und Siegellack mit Siegel. Die Frau bringt es innerhalb von Minuten und legt es auf den Tisch.

Er schickt sie wieder weg. Dann nimmt er das Papier und schreibt auf, dass er sehen konnte, dass Emilio gefesselt ist und festsitzt. Danach faltet er das Papier zusammen und hält das Siegelwachs über die Flamme der Kerze auf dem Tisch. Als es weich wird drückt er es auf das Papier. Danach presst er das Siegel hinein und hat so den Brief verschlossen. Das ist wichtig, denn seine Nachrichten gehen nur Cabot etwas an.

Er schaut auf die Wanduhr, es ist jetzt zwanzig Uhr. Das nächste Mal wird der Kurier in zwei Stunden wieder kommen. Er pustet die Kerze aus.

Der Kurier kommt die Stufen hoch und betritt das Zimmer.

„Lass das Licht aus und mach die Tür zu. Ich will nicht gesehen werden. Gibt es von der Rückseite des Hauses etwas zu berichten?"

Der Kurier sieht sehr zerzaust aus, denn es hat stark angefangen zu stürmen, er schüttelt den Kopf, nimmt den Brief Silk aus der Hand und verlässt wieder wortlos das Zimmer. Silk hört ihn die Treppe hinuntergehen. Dann klappt die Tür.

Der Mann ist genervt, er muss über das Eis mit seinen Cowboystiefeln, bei dem Sturm ist es doppelt schlimm. Das ist sehr mühselig und er muss aufpassen, dass er mit den Füßen nicht umknickt oder wegrutscht. Sein Problem. In zwei Stunden wird er wiederkommen. Er selber wird auf jeden Fall weiter beobachten, oder gehen, wenn neue Befehle kommen.

Abrupt hört der Lärm des Eisungeheuers auf. Der Gesang der Männer dröhnt in den Ohren. Manche fangen an zu Lachen. Der Major befiehlt dem Leutnant: „Aufhören."

Der Leutnant brüllt: „Aufhören!" Der Major wieder zum Leutnant: „Aufsitzen."

Der Leutnant brüllt: „Alles raus, Decken von den Pferden. Decken in den Wagen und Aufsitzen. In Zweierreihen aufstellen. Marsch!"

Nun kommt Bewegung in die Soldaten. Sie springen aus dem Planwagen. Sie ziehen die Decken von den Pferden, legen sie zusammen und geben sie in den Wagen. Einer nimmt die Decken im Wagen an und legt sie übereinander.

Die Soldaten sind erfahren und wissen, dass Ordnung wichtig ist.

Major Collier sitzt bereits auf seinem Pferd. Pferde werden wieder an den Wagen gespannt und der Kutscher auf dem Wagen ruft: „Fertig!"

Major Collier befiehlt seinem Leutnant: „Abmarsch."

Der Leutnant ruft: „In Zweierreihen, Abmarsch."

Der Zug reitet an, der Planwagen folgt. Der Eisregen hat dreieinhalb Stunden gedauert, also wird er weit nach Mitternacht in Hope eintreffen. Er überlegt, soll er seinen Leuten befehlen, alle Klimpersachen wie Kochgeschirr usw. in den Wagen zu legen. Aber schon merkt er wie der Wind aufkommt. Noch ist es sanft aber es wird zum Sturm anwachsen. Bei dem späteren Lärm des Sturmes hört man kein Reitergeräusch. Collier weiß es sicher.

Jetzt ist es ganz dunkel, es war ohnehin nicht besonders hell am Tage, aber jetzt ist es stockdunkel. Kein Stern am Himmel und auch kein Mond. Pechschwarze Nacht. Nur das Eis auf dem Boden ist wie ein weißer Teppich und so kann man zwar die Wege nicht erkennen, aber man sieht die Schneisen, die zwischen den Bäumen hindurchführen. Das Eis knirscht und knarrt unter den Hufen und den Rädern des Planwagens. Aber bald, in einer halben Stunde etwa, wird das Eis zu einer harten unwegsamen Decke gefroren sein. Collier wird versuchen möglichst durch Wald zu fahren. Eventuell ist es dort etwas weniger hart. Er ist ungeduldig, hoffentlich kommt er noch rechtzeitig. Irgendwie weiß er, dass ein Riesenärger auf ihn zukommt. Dieses Gefühl hatte er schon öfter. Schon als er noch ganz jung war und Leutnant. Damals bei Indianerangriffen und dann im Krieg. Inzwischen hat er dieses Gefühl in seine Planungen mit eingebaut.

Er sieht wie hin und wieder ein Pferd etwas wegrutscht und die Soldaten versuchen den Pferden zu helfen mit einer Gewichtsverlagerung. Wieder kommt er zu dem Schluss. Es sind gute erfahrene Soldaten. Der Wind wird stärker, die

Männer beugen sich nach vorne gegen den Sturm. Der Sturm ist für die Männer gefährlicher als der Eisregen, leicht kann etwas einfrieren, durch den Wind merkt man es zu spät. Er sagt seinem Leutnant, dass die Männer sich Tücher vor das Gesicht binden sollen. Er selber hat es inzwischen auch getan. Der Leutnant reitet an den Reihen zurück und überprüft die Männer. Ein Pferd rutscht aus und ein Soldat fällt vom Pferd.

Der Leutnant brüllt: „Erster Zug Halt!" Als er zu dem Mann reitet, hört er das Lachen der anderen Männer. Der gefallene Reiter steigt schnell wieder auf, obwohl der Kopf vermummt ist, weiß man, dass er rote Ohren hat.

Wieder brüllt der Leutnant: „Erster Zug in zweier Reihen, Marsch."

Der Leutnant reitet neben den gefallenen Reiter. „Alles in Ordnung?"

„Ja, Sir!"

„Gut, aber halten Sie uns nicht wieder auf!"

„Nein, es wird nicht wieder vorkommen, Sir!"

„Ist Ihr Pferd auch okay?"

„Ja, Sir!"

Der Leutnant reitet wieder nach vorne zum Major.

„Alles in Ordnung, Sir."

Obwohl ihm der Wind, der inzwischen zum Sturm angewachsen ist, ihm die Worte fast vom Mund wegreißen, hat der Major gut verstanden. Und er antwortet: „Schicken Sie einen guten Kundschafter vor, damit wir keine unangenehme Überraschungen erleben."

„Jawohl, Sir."

Der Leutnant reitet wieder zurück zu einem Soldaten mit langen schwarzen Haaren. Ein Indianer in der Truppe ist immer gerne gesehen. Auch hier muss der Indianersoldat das Gelände erkunden. Etwas schneller reitet er voraus. Keiner weiß, wie er es macht. Aber Collier ist zufrieden.

„Ann, das Essen ist wunderbar, es ist doch besser, wenn wir dein Essen genießen."

Ben zwinkert ihr mit einem Auge zu. Die anderen wollten ja sowieso nicht bezahlen. Der Braten war phantastisch, das Gemüse ein Gedicht und der Nachtisch ein Traum aus Äpfeln und Schlagsahne. Ann lächelt: „Das war doch noch gar nichts. Für dich kann ich noch etwas viel Besseres kochen."

Sie kommt um den Tisch und setzt sich auf Bens Schoß.

„Aber ich freue mich, dass es dir geschmeckt hat."

Dabei küsst sie ihn auf die Nase. „Liebe geht bei den Männern wohl tatsächlich durch den Magen?"

Ben guckt naiv: „Wie jetzt?"

Ben sieht zur Tür. „Da Abraham inzwischen ausgeschlafen hat, kannst du ihm jetzt auch Essen geben. Da kommt er gerade. Er wird es dringend brauchen."

„Miss, warum haben sie mich nicht geweckt?" Abraham guckt aus verschlafenen Augen.

„Nun, weil wir dachten, dass du den Schlaf brauchst. Aber nun setzt dich erst einmal und iss Etwas, du wirst hungrig sein. Außerdem brauchen wir dich ausgeschlafen und fit."

Ben zeigt mit der Hand einladend auf einen Stuhl am Tisch. „Komm her, du schwarzer Sir und lass dich auch mal von deiner Miss bedienen, du hast viel für sie riskiert und ertragen. Na los, komm schon."

Ben lächelt und macht noch einmal eine einladende Geste.

Ann setzt Abraham einen neuen Teller vor und legt ihm das Essen auf, in dieser Zeit setzt Ben Abraham über die letzten Stunden in Kenntnis.

Während Abraham isst, spricht Ben weiter: „Abraham, ich muss auch ein wenig schlafen, guck nach dem Essen hin und wieder aus dem Fenster und beobachte die Straße, ob dort Leute von Cabot auftauchen. Wenn du welche siehst, dann weckst du mich sofort. Aber ich glaube, bei diesem Sturm wird keiner kommen. Sie werden sich auf dem Eis nicht auf den Beinen halten können, so werden sie leicht zu Zielscheiben. Das können sie sich selber ausrechnen. Aber sieh' trotzdem raus. Vergiss auch nicht hin und wieder hinten nachzusehen. Okay? Es ist jetzt zwanzig Uhr dreißig. Ich lege mich jetzt hin und werde etwa zwei bis zweieinhalb Stunden schlafen. Pass gut auf deine Miss auf."

Abraham rollt mit den Augen und antwortet mit vollem Mund: „Da kannst du dich drauf verlassen Sir Ben! Eher erschieße ich alle von den Banditen, als dass einer hier hereinkommt."

Er gestikuliert wild mit den Armen und Messer und Gabel in seinen Händen wirbeln durch die Luft.

„Ich werde mir gleich die Schrotbüchse holen, dann kommt hier keiner über die Schwelle."

Abraham will schon loslaufen, aber Ben hält ihn mit den Worten zurück: „Bleib hier und iss erst einmal zu Ende. Na los, setzt dich wieder hin, aber denke auch an unseren Freund nebenan. Auf ihn musst du ganz besonders aufpassen. Er ist unsere Lebensversicherung!"

„Okay Sir Ben, ich habe das begriffen. Ich werde ihn alle fünfzehn Minuten untersuchen und wenn er Mätzchen macht, dann lege ich ihn schlafen. Okay?"

„Ja, natürlich Abraham! Ich lege mich jetzt hin!"

Ben geht am Empfangstresen vorbei und nimmt sich einen Schlüssel vom Haken und geht die Treppe hoch. Er schließt das Zimmer auf und legt sich auf das Bett.

Seine Gedanken kreisen. „Soll er Ann sagen, dass Major Collier mit Verstärkung kommen will. Macht er ihr damit Mut oder verliert sie das Vertrauen in ihn und ist die Enttäuschung umso größer wenn Collier nicht kommt. Er möchte Ann nicht enttäuschen, aber der Ernst der Lage ist ihm auch bewusst, aber hat *sie* es begriffen?

Alles ist anders gekommen als er sich erhofft hatte. Er hatte vor, sich mit dem Stadtrat und dem Bürgermeister heimlich zu treffen und zu sprechen. Er wollte Aussagen sammeln und Fakten, die ganzen Erpressungen und Demütigungen des Dorfes. Er wollte wissen wer alles verschwunden ist oder tot aufgefunden wurde und ob es Leute gab die das Dorf verlassen hatten, das kann er jetzt alles vergessen. Jetzt war er zum Gejagten geworden und hatte nichts aber auch gar nichts erreicht bis jetzt.

Langsam, denkt er, immer langsam. Jetzt nur nicht pessimistisch werden. immer ein Schritt nach dem anderen, so wie er es als Sheriff gelernt hat.

Trotzdem - Ben zweifelt jetzt sehr stark daran, dass Collier bei diesem Wetter überhaupt Männer zusammenbekommen hat. Der Eisregen hat sie eventuell aufgehalten oder gar nicht erst losreiten lassen. Soll er es ihr sagen. Es hat ja auch noch bis morgen Zeit, denkt er. Hat er alles bedacht oder ist ihm etwas entgangen. Ja, tatsächlich, er hat Ann nach Waffen und Munition gefragt, aber irgendwie ist er darüber hinweg gekommen. Wenn er geschlafen hat, wird er sich gleich darum kümmern. Er glaubt nicht, dass in dieser Nacht noch etwas passiert. Sie werden sich bei dem Wetter alle verkriechen, ganz genauso wie sie selber. Aber er muss jetzt schlafen, die Nacht ist noch lang und er weiß nicht was der Tag bringt. Der Sturm weht um das Haus und endlich schläft er ein.

Silk sitzt am Fenster und beobachtet. Es ist einundzwanzig Uhr in einer Stunde kommt wieder der Kurier. Wieder sieht er einen Schatten am Fenster gegenüber. Aber - er glaubt seinen Augen kaum. Ist das nicht der Nigger, der da guckt? Wie kommt der denn wieder in das Hotel. Der sitzt doch im Turm, dachte er.

Silk nimmt wieder die Feder aus der Halterung taucht sie in die Tinte und schreibt es auf. Er schreibt gleich die Frage mit ob er geflüchtet ist oder ob man ihn frei gelassen hat. Obwohl er das nicht glauben kann, dass man ihn frei ließ. Der Mann war doch völlig zerschlagen. Wie konnte der denn schon wieder auf den Beinen stehen. Silk schüttelt den Kopf und sieht wieder aus dem Fenster. Silk ruft nach der Frau des Schneiders. Diese kommt sofort.

„Es wird kalt, leg' Holz auf das Feuer, aber lass das Licht aus. Los beeil dich. Und noch einen Tee!"

Silk fragt sich, wie es Jackson geht, den er zur Beobachtung der Rückseite des Hauses geschickt hat. Er hat sich im Schuppen versteckt, denn hinter dem Hotel ist kein Haus mehr. Nur noch eine kleine Hütte mit Brennholz für das Hotel. Vielleicht hat er Glück und jemand holt Holz zum Heizen und Jackson kann ihn überrumpeln und so ins Haus kommen um Emilio zu befreien.

Silk lächelt dabei. Das wäre gut für sein Ansehen bei Cabot.

Er nimmt wieder die Feder in die Hand und schreibt einen Zettel an Jackson. Jackson soll sich von Laremy ablösen lassen. Silk schreibt ihm auf: Es besteht die Möglichkeit der Überrumpellung, wenn jemand Feuerholz aus der Hütte holt. Aber er soll auf keinen Fall etwas von selber versuchen.

Silk sieht wieder aus dem Fenster. Es ist nichts zu sehen, draußen tobt der Sturm und es ist finstere Nacht. Nur das Eis auf der Straße glänzt weiß und erhellt ein wenig die Nacht. Die Zeit vergeht und er hört wie unten die Haustür geht. Der Kurier ist wieder da. Jetzt muss er mal mit ihm sprechen um zu hören ob es etwas Neues gibt im Hauptquartier. Er hört wie der Kurier die Stufen hoch kommt, endlich jemand mit dem er reden kann.

Der Wirt des Saloons schaut auf die Wanduhr, einen alten Regulator der aus Europa mitgebracht wurde. Er hängt etwas schief, aber das muss so sein, denn dann geht er genau, sehr genau. Der Wirt hat es ausprobiert, wenn die Uhr gerade hängt, dann humpelt sie, dann tickt sie nicht gleichmäßig und das Perpendikel bleibt schon mal stehen. Daher hat er es ausprobiert sie nach der einen oder anderen Seite etwas schief zu hängen bis sie gleichmäßig tickt. Die Schraube unten am Perpendikel brauchte er gar nicht zu verstellen um sie langsamer oder schneller ticken zu lassen. Seitdem sie schief hängt, geht sie richtig. Er hat sich auch eine kleine Markierung an der Wand angebracht, damit er die Uhr wieder in Position bringen kann ohne lange auszuprobieren, wenn die Uhr mal von einem Ordnungsfanatiker gerade gehängt wird. Oder natürlich von einem Betrunkenen.

Also guckt der Wirt auf seinen Regulator und sieht es ist dreiundzwanzig Uhr dreißig. Unter dem Tisch liegt immer noch der besoffene Gunman von Mr. Cabot. Einer seiner Leute. Es wird Zeit ihn rauszuwerfen. Durch den Sturm ist sein Laden leer, denn alle haben sich in ihr Haus oder ihre Wohnung verkrochen und warten ab oder schlafen schon und er will auch ins Bett, also muss der Gast unter dem Tisch raus.

Aber ganz auf die nette Art und Weise. Er könnte sich sonst daran erinnern. Der Wirt ist am überlegen während er die geschnitzte Sonne auf seinem Regulator beguckt.

Einer Eingebung folgend ruft er seinen sechzehnjährigen Sohn: „Hol' doch mal aus dem Mietstall das Pferd von Mr. Laremy, aber sei vorsichtig! Na los, geh!"

Zwanzig Minuten später kommt der Sohn mit dem Pferd wieder.

Der Wirt steht inzwischen mit einem Eimer Wasser neben Laremy, dieser hält immer noch die Whiskyflasche mit einer Hand fest. Der Wirt gießt ganz vorsichtig Wasser über das Gesicht von Laremy. Aber so, dass nur die Halbglatze nass wird. Laremy kommt prustend hoch, guckt sich mit glasigem Blick um.

„Was, was zum Teufel ist los?"

„Mr. Laremy, Sie werden zu Hause erwartet. Ihr Pferd wartet schon. Kommen Sie, ich helfe Ihnen aufs Pferd."

Er stellt Laremy auf die Beine, dieser schwankt und der Wirt schiebt ihn langsam durch die Tür auf das Pferd zu.

„In den Steigbügel, Mr. Laremy in den Steigbügel."

Er hilft ihm auf das Pferd. Laremy sitzt schwankend im Sattel und der Wirt gibt dem Pferd einen leichten Schlag auf die Hinterhand und das Pferd geht los.

Der kalte Wind schneidet Laremy ins Gesicht und er wird ein bisschen nüchterner. „Verdammt ist das kalt, was er jetzt braucht ist ein bisschen Wärme, ein Feuer", denkt er.

Plötzlich fällt ihm alles wieder ein: „Noah war tot. Feuer, ja Feuer jaha! Endlich die Idee, die er braucht. Jetzt wird er es dem Schweinehund zurückzahlen."

Er nimmt einen Schluck aus der Whiskyflasche. Schwankend reitet er am Hotel vorbei und um das Hotel herum. Dann rutscht er aus dem Sattel am Pferd herab und sitzt auf dem Boden. Er hält immer noch die Flasche fest.

„Er muss jetzt unbedingt in den Stall, da ist es nicht so windig."

Er kommt schwankend auf die Beine indem er sich an seinem Pferd hochzieht und torkelt auf den Stall des Hotels zu. Er macht die Tür auf und der Wind reißt sie ihm aus der Hand. Fast fällt er in den Stall. Sofort fühlt er sich besser.

„Hier ist es schon ein bisschen wärmer. Aber er wird es jetzt noch ein bisschen wärmer machen", sagt er laut und grinst in sich hinein.

„Er braucht ein bisschen Heu, ja heute soll es das Heu sein."

Seine Laune wird immer besser. Laut erzählt er sich was er nun tun will: „Da ist das Heu. Nun ein kleines Streichholz und schon wird es warm. Hihi."

Laremy reißt ein Streichholz an und brennt das Heu an. Es fängt sofort Feuer.

„Hoi, meine kleine Flamme. Du hast es aber eilig. Ja, ja, lauf schön, da hast du noch mehr. Ja, sehr gut mein kleines Flämmchen, aber die Pferde müssen raus, die können nichts dafür."

Laremy schwankt zu den zwei Pferden und nimmt sie aus den Boxen. Die Pferde wiehern und schnauben.

„Ja, meine Kleinen raus hier, ein kleines Lagerfeuer ist nichts für Euch."

Laremy führt die Pferde hinaus, dann wirft er die leere Flasche hinter sich und versucht wieder auf sein Pferd zu kommen.

Aber nun kommt Jackson aus dem Holzschober und tritt zu Laremy. Der Wind fetzt ihm den Hut vom Kopf, aber er bleibt an der Windschnur hängen. Er brüllt gegen den Wind an: „Feines Feuer, das du da gelegt hast, ist das ein Befehl von Cabot? Kommst du mich ablösen oder abholen?"

Laremy guckt ihn an, aber er versteht nichts, denn der Sturm reißt Jackson die Worte vom Mund weg, und er schreit: „Wo, wo kommst du denn her? Komm, du kannst mit mir nach Hause reiten."

Er macht eine einladende Bewegung mit dem Arm. Aber auch Jackson versteht nichts und deutet die Armbewegung so, dass er abgeholt wird.

Laremy versucht auf sein Pferd zu kommen und nach dem dritten Anlauf gelingt es ihm. Jackson nimmt sich eines von den anderen Pferden und so reiten sie langsam die Straße um das Hotel herum. Silk sieht die beiden Pferde kommen und versteht nicht wirklich was dort geschieht. Er hat den beiden doch den Befehl gegeben sich abzulösen und nicht den Posten zu verlassen. Er rennt die Treppe hinunter und läuft auf die Straße, da er keinen Halt findet rennt er gegen das vordere Pferd von und hält sich am Bein von Laremy fest. Er schreit: „Heh, wo wollt ihr hin? Ich habe keinen Befehl gegeben den Posten zu verlassen!"

Er schreit gegen den Wind an, aber Laremy, der immer noch nicht ganz nüchtern ist, versteht nichts, winkt nur mit der Hand und reitet stur weiter. Sein Kumpel ist mit seinem Pferd schon ein Stück weitergeritten.

Silk rutscht vom Pferd weg und schlägt auf. Wütend steht er auf und zieht seinen Colt, aber dann steckt er ihn wieder weg und knurrt nur: „Das klären wir später!"

Ben wird aus einem Alptraum wach. Er schaut auf die Uhr. Es ist eine halbe Stunde nach Mitternacht. Er geht zum Fenster und macht es ein wenig auf, er muss den einen Flügel des Fensterladens kräftig halten damit der ihm nicht aus der Hand gerissen wird.

Kleine tote Zweige fliegen durch die Luft und schlagen an die Fensterläden. Unten sieht er die zwei Reiter, den einen kennt er, das war einer von den zweien, denen er Respekt einflößen musste in Cabots Burg. Wenn er sich recht erinnert, heißt er Laremy. Er sieht den Mann auf der Straße, wie er fällt und den Revolver zieht, dann aber wieder einsteckt. So ganz schlau wird er nicht daraus. Aber er kann erkennen, dass der vordere Reiter ohne Sattel, ein Mann von Cabot ist. Der Mann auf der Straße geht in ein Haus gegenüber. Ben wartet, Vielleicht passiert noch mehr, aus dem er irgendetwas erkennen kann.

Kurz darauf kommt der Mann wieder aus dem Haus mit einem dicken Mantel an. Den schwarzen Hut hält er mit einer Hand fest. Langsam und tastend geht er in die Gasse, die zu Cabots Burg führt.

„Wahrscheinlich wurden wir beobachtet…." Weiter kommt er nicht mit seinen Gedanken, denn in dem Moment kommt Abraham in das Zimmer gerannt. „Sir, Ben, kommen Sie schnell."

Ben schließt das Fenster.

Schon rennt Abraham in das Zimmer gegenüber und reißt ein Fenster, mit dem Fensterladen, auf. Beides hält er eisern fest. Ben folgt ihm, Böses ahnend. Was er sieht, lässt ihn den Atem stocken. Der Stall brennt lichterloh, der Sturm heizt das Feuer wie in einer Schmiedeesse an. Die Flammen haben sich in die Wand des Hotels gegraben und brennende Holz und Strohteile fliegen bereits über das Hotel weg und landen auf anderen Dächern.

Abraham schließt das Fenster und berichtet atemlos: „Sir, ich habe zwei von Cabots Leuten gesehen. Der eine kam aus dem Stall, ich habe mir nichts dabei gedacht, dann kam auch noch einer aus dem Holzschuppen. Dann sind beide zusammen weggeritten."

„Gut, Abraham. Welcher kam aus dem Stall?"

„Der große mit der Halbglatze!"

„Also Laremy", knurrt Ben. „Komm, wir müssen runter!"

Beide rennen wieder die Treppe hinunter. Ben kommt in die Küche, hier wartet Ann. Sie sieht sehr gefasst aus. „Ich habe es schon gesehen, es ist alles zugefroren, wir können nicht löschen. Unsere Wasserpumpe ist im Stall und nicht mehr zu erreichen."

Sie guckt Ben fragend an: „Was jetzt?" Sie fragt weiter: „Bei dem Sturm hört man nicht einmal die Feuerglocke. Wir können nur die Nachbarn warnen, aber die werden unser Rufen und klopfen auch nicht hören, was kann man nur tun? Und schießen hat auch keinen Zweck, denn dann verkriechen sie sich noch mehr."

Ben hört aufmerksam zu, dann sagt er ganz ruhig zu Abraham: „Abraham vertraust du mir?"

Sofort antwortet er: „Ja, natürlich!"

„Nimm Ann und den Emilio, so wie er ist, und bringe sie in den Keller. Der Keller ist sicher. Nimm auch meinen Sattel und die Satteltaschen mit. Dort bleibt ihr, ich werde den Bürgermeister wachrütteln, damit die Bürger gewarnt werden. Und noch etwas, lass mein Pferd auf die Straße.

Abraham nickt nur und stürmt in den Speisesaal. Er nimmt Emilio wie ein Kind mit samt dem Stuhl auf den Arm und geht zur Kellertür.

„Ann, nimm das Glas mit dem Zucker mit in den Keller und alles was du sonst noch unbedingt brauchst. Denn es wird nichts überbleiben vom Hotel. Beeil Dich. Bring mich zur Tür und mach sie wieder hinter mir zu, solange es noch geht. Ich verschließe sie dann von außen!"

Sie nickt nur und bringt Ben zur Tür. Er nimmt sie in den Arm und flüstert ihr ins Haar: „Vertraue mir, es wird alles gut werden für uns."

Sie küsst ihn, drückt ihm den Schlüssel in die Hand. Schon ist er aus der Tür.

Er sieht sich um und erschrickt. Auf vielen Dächern sieht er schon wie dort die Flammen tanzen. Andere Menschen kommen vereinzelt aus den Häusern.

Ben kennt nur ein Ziel: Der Bürgermeister. Denn der kennt seine Leute am Besten und weiß wie man alle mobilisiert.

Er kommt nur langsam voran, immer wieder muss er sich in den Wind legen und aufpassen nicht von den Füßen gefegt zu werden. An manchen Gassen an denen er vorbeikommt bläst es noch stärker heraus, manchmal wenn er Straßen überquert, wird er bis auf die andere Straßenseite gedrängt. Auf den anderen Straßenseiten beginnt dann wieder der überdachte Fußweg und er kommt schneller voran.

Eine halbe Stunde später, es ist bereit ein Uhr, ist er beim Bürgermeister. Aber die Flammen sind ihm gefolgt und auch hier kann er schon die Flammen auf Dächern und in den Gassen brennen sehen.

Er schlägt mit dem Colt gegen die Haustür. Nach endlosen zwei Minuten klopfen öffnet endlich der Bürgermeister.

Ben drängt den Mann nach drinnen, denn draußen wäre doch nichts zu verstehen.

Er erklärt dem Bürgermeister Clifton die Situation, dieser guckt ihn nur ungläubig an. Ben zieht den Mann mit auf die

Straße und zeigt ihm die Brände. Auch auf seinem Dach züngeln die ersten Flammen und ein brennendes Holzstück fliegt durch die Straße.

Blitzartig erkennt er die Situation und rennt wieder in sein Haus. Ben folgt.

„Ich werde den Trompeter durch die Straßen schicken. Er wird soweit möglich vor jedem bewohnten Haus blasen, das wird hoffentlich und ich sage hoffentlich, alle wecken. Jetzt lassen Sie mich alleine, ich muss mich um meine Familie kümmern."

Ben nickt und antwortet: „Es waren Männer von Cabot, die die Stadt angezündet haben".

Er tritt wieder auf die Straße, fast wäre er vor der Haustür weggeblasen worden.

Auf seinem Rückweg sieht er, dass immer mehr Menschen auf die Straße laufen. Also haben es einige Bürger auch schon bemerkt. Auch Fuhrwerke sind inzwischen auf dem Weg. Auf den Fuhrwerken arbeiten Männer und packen Sachen in die Wagen, immer wieder müssen sie sich brennender Teile erwehren, die von oben herangeflogen kommen.

Eine halbe Stunde später ist fast das ganze Dorf auf den Beinen. Die Menschen haben ihre Nachbarn geweckt und sie gewarnt.

Für Ben gibt es jetzt nur eins. Er muss zurück und nachsehen wie weit das Hotel noch steht, ob er mit in den Keller zu Ann und Abraham kann. Es ist eisig kalt und der Sturm lässt nicht nach.

Ben läuft langsam zurück. Teilweise schützt der überdachte Fußweg noch vor dem Feuerregen von oben, aber hier und da brennt schon das Dach.

Der Sturm hat einen Pfosten umgerissen und das Dach des Fußweges hängt schief herunter. Vor ihm liegt ein brennendes Dach auf der Straße, der brennende Dachstuhl ist vom Haus gerissen und auf die Straße gefegt worden. Hier beginnt das Eis ein wenig zu schmelzen und der Untergrund wird noch tückischer. Ben umgeht das Dach soweit es möglich ist. Aber der brennende Dachstuhl hat inzwischen die Häuser daneben von unten angezündet. Nun brennt das Feuer von unten und von Oben! Hoffentlich kommen die Leute noch aus dem Haus. Sie werden hinten aus ihren Häusern flüchten müssen.

Endlich ist er am Hotel angelangt. Der hintere Teil des Hotels ist bereits ganz in Flammen gehüllt. Die Vordertür ist noch frei.

Der Giebel vorne, er brennt. Aber er hält noch den Feuerregen von oben ab. Das Dach hat das Feuer nach rechts und links herunterfallen lassen. Es liegt auch hier schon brennend in den Gassen. Ben wird warm, der Boden wird immer glitschiger. Er hält sich an der Tür fest und öffnet sie mit dem Schlüssel, Der Flur ist stark verqualmt aber man kann noch etwas sehen, da die Nacht jetzt hell erleuchtet ist von den Feuern. Er findet die Kellertür und öffnet sie, dann verschließt er sie und läuft die Felsentreppe hinunter. Unten angekommen sieht er in die entsetzten Gesichter von Ann und Abraham. Auch Emilio sitzt auf seinem Stuhl und starrt vor sich hin und fragt sich, ob Cabot das Hotel hat absichtlich anzünden lassen und ihn einfach opfern wollte.

Draußen in der Stadt tobt das Feuer. Die Wagen die geholt wurden, können nicht mehr aus der Stadt, denn überall fallen brennende Giebel oder Teile von Dächern auf die Straße und blockieren die Wege.

Die Häuser brennen immer weiter ab und der Sturm heizt alles immer weiter an. Die Bürger, die sich noch retten und flüchten konnten, sammeln sich an der Kirche. Die Kirche ist brechend voll. Alle Menschen, die nicht mehr in die Kirche passen stehen vor der Kirche und warten dichtgedrängt.

Außer sich selbst konnten sie nichts retten, denn alles ging zu schnell. Viel zu schnell. Die Kirche steht etwas abseits, aber der Sturm weht das Feuer auch hier her. Immer mehr brennende Holzteile fangen sich an der Kirche und brennen vor sich hin.

Drinnen in der Kirche schreien die Leute durcheinander und der Bürgermeister mit seiner Frau steht vorne am Altar und versuchen zu beruhigen, denn so kann keiner etwas verstehen. Er ruft immer wieder: „Ruhe, Ruhe!" Aber er kann nicht durchdringen.

Dann hört man ein Kreischen von einer Frau, die Stimme ist so schrill und hoch, dass sie alles übertönt: „Die Burg von Cabot ist Feuerfest. Dort können wir unterkommen. Zu Cabot, zu Cabot!"

Es geht ein Raunen durch die Kirche und hinten drängen die Menschen aus der Tür, dann fallen am Altar die ersten Funken von der Decke.

Die Menschen rennen aus der Kirche immer weiter zu Cabots Burg. Wer fällt, wird wieder hoch gerissen von den anderen Einwohnern. Alle Menschen folgen, auch die, die nicht verstanden haben wo es hingeht und warum.

Die Männer haben ihre Gewehre mit, da sie nicht wissen wie sie überleben sollen und was sie essen werden, deshalb haben die die Gewehre und Munition für die Jagd gerettet. Manche haben ihre Äxte dabei um im Wald eventuell einen Unterstand zu bauen. Aber alle fragen sich: Wie sollen sie bei der Kälte draußen überleben. Der Sturm ist mörderisch und bald kommt der Schnee nach dem Sturm und sie haben keine Hilfsmittel. Der Winter ist da, das ist wie ein Todesurteil.

An Cabots Burg angekommen drängen die Menschen an das Haus. Voran die Männer, die Frauen halten schützend ihre Kinder fest.

Die Tür ist verschlossen. Ratlos stehen sie davor. Inzwischen brennt die Stadt lichterloh und alles wird hell erleuchtet. Der Bürgermeister ruft jetzt in die Menge: „Cabot hat die Stadt angezündet!"

Es geht wie ein Lauffeuer durch die Reihen. „Cabot hat die Stadt angezündet!"

Wieder hört man die helle Stimme der Frau: „Cabot hat die Stadt angezündet, schlagt die Tür ein!"

Die Wut der Leute kommt hoch und die Tür wird mit den Äxten bearbeitet, sie zersplittert und wird aus dem Schloss gedrückt, denn von hinten drücken immer mehr Menschen nach.

Cabot und sein Bruder sitzen im Büro und besprechen ihr weiteres Vorgehen als an die Tür geklopft wird.

„Ja, herein!"

Die Tür geht auf und einer von seinen Leuten kommt herein.

„Sir, Mr. Cabot, die Stadt brennt. Ich wollte Sie nur informieren. Hier ist es zwar sicher, aber…!"

„Gut, ich komme!" Der Mann verlässt wieder den Raum.

„Frank, lass uns nachsehen. Wenn die Stadt abbrennt, haben wir hier keine Geschäfte mehr zu machen. Dann ist es hier vorbei und wir müssen weg. Wenn der Mobb kommt…! Nun gehen wir erst einmal gucken."

Sie erheben sich aus den dicken Sesseln und gehen zu einem großen Fenster mit Blick auf den Platz vor dem Haus.

Nachdenklich blicken sie beide aus dem Fenster.

Endlich meint Cabot: „Ja, das war es wohl. Wir sollten jetzt sofort aufbrechen und verschwinden. Bald wird der Mobb kommen und uns suchen. Je früher wir reiten, desto mehr haben wir die Möglichkeit, dass der Schnee bald kommt und unsere Spuren verwischen wird. Wir haben noch das Pferd von Ben Wynn hier, das kannst du nehmen. Es ist ein sehr gutes Pferd."

Er tritt zum Panzerschrank und schiebt den Tresorschlüssel in das Schloss, dann dreht er den Hebel nach unten und die Tür öffnet sich. „Wir nehmen nur das große Geld mit und die Papiere. Die Papiere sind das Wichtigste und das Wertvollste, alles andere kann ersetzt werden."

Er legt alles auf den Tisch und knurrt: „Ich hasse es so abrupt zu gehen, aber uns bleibt keine Wahl, unsere Leute werden uns nicht schützen können. Mitnehmen können wir sie auch nicht. Aber ich habe alles für eine eventuelle sofortige Abreise vorbereitet."

Er geht zu einem Schrank und öffnet eine Tür, holt dicke Satteltaschen aus dem Fach und legt sie auch auf den Tisch. Er geht zu einem anderen Fach und holt eine leere Satteltasche heraus und packt die Papiere und das Geld in diese Satteltasche. Wieder geht er zu einer Tür im Schrank und öffnet sie. Er nimmt dicke Winterkleidung aus dem Schrank, packt sie auf den Tisch und fordert: „Frank geh in dein Zimmer und zieh dich um. Nimm eine von den Satteltaschen mit. Ich ziehe mich um und wir treffen uns im Stall."

Wortlos geht McGrath zum Tisch nimmt die erste Satteltasche vom Tisch und geht damit zur Tür, er zieht seine Taschenuhr aus der Westentasche und bestätigt: „In fünf Minuten ist es Mitternacht. Dann reiten wir!" Er öffnet die Tür und schließt sie leise hinter sich.

Es ist bereits weit nach Mitternacht und die Bürger der Stadt drängen in das Haus, Die Türen im Haus gehen auf. Die Männer von Cabot schreien die Menschen an: „Raus hier, verschwindet!"

Aber es hilft nichts. Sie reißen ihre Revolver heraus und drohen, aber von hinten wird immer weiter geschoben, auch die Treppe hinauf stürmen die Menschenmassen. Die

Menschen schreien ihre Wut heraus. Mit verzerrten Gesichtern drängen sie immer weiter in das Haus.

Die Banditen schießen auf die erste Reihe, dabei ziehen sie sich immer weiter nach hinten ins Dunkel zurück. Die ersten Männer fallen und werden von den nachfolgenden überlaufen. Die nachfolgenden schießen mit ihren Schrotgewehren.

„Wir brauchen Licht!"

Von hinten wird eine Petroleumlampe über die Köpfe der Männer nach vorne ins Dunkel geworfen. Cabots Männer werden jetzt beleuchte und haben keine Chance mehr. Sie sterben im Kugelregen der Schrotgewehre.

Inzwischen sind Menschen um das Haus herumgelaufen und in den Stall gekommen und drängen von dort in das Haus. Die Banditen kommen nirgends mehr raus. Es liegen Tote in den Räumen von den Banditen erschossen. Aber auch von den Banditen liegen Tote im Gang. Die Menschen drängen weiter in den Gang und kommen durch die Stalltür zu den weiteren zwei Türen. Die Tür in den Flur zur Treppe wird aufgerissen. Die zweite Tür ist verschlossen. Die Männer beginnen sie mit ihren Äxten zu bearbeiten. Kurz darauf fliegt die Tür auf und schlägt nach innen.

Wieder kommt der Ruf: „Wir brauchen Licht!" Von hinten kommt eine Fackel geflogen, die einer von den Bewohnern aus der Wandhalterung riss und nach vorne geworfen hat in den Raum. Sie sehen in den Raum. Er ist groß aber er steht nur voll mit Kisten und keine Person ist zu sehen. Sie drängen weiter die Treppe hinauf. Jetzt brechen alle Dämme, die Männer mit den Gewehren feuern aus allen Rohren. Bald lebt keiner von Cabots Banditen mehr.

Ben geht auf Ann zu und nimmt sie in die Arme: „Du musst jetzt ganz stark sein. Morgen wird es Hope nicht mehr geben! Aber hier unten seid ihr sicher."

Er streicht ihr über das Haar und küsst sie auf den Mund. Sie klammert sich an ihn, schaut zu ihm auf und versichert ihm: „Ich werde schon durchhalten. Wir können uns hier versorgen. Ich habe alles mit hinunter bekommen. Mit dir werde ich mich sicher fühlen."

Da nimmt Ben ihr Gesicht in beide Hände und sagt: „Ann, liebe Ann, ich muss wieder weg und es kann lange dauern bis ich wieder komme. Du musst ganz stark sein und mir vertrauen. Es ist ganz wichtig."

Sie schaut ihn ungläubig an: „Aber um Gotteswillen wo willst du denn jetzt noch hin. Was gibt es noch so wichtiges zu tun? Ich verstehe das nicht, Ben!"

„Sieh mal, Ann. Ich habe nicht viel Zeit, ich erkläre es dir später. Aber es ist wirklich wichtig."

Zu Abraham sagt er: „Hast du meine Satteltaschen mit heruntergebracht?"

„Ja, natürlich Ben, Sir!"

„Gib sie mir, ich brauche sie, ich werde eines von den Pferden nehmen, die noch draußen stehen, hoffe ich. Die Pferde suchen immer Schutz im Stall und der Stall brennt, also stehen sie wahrscheinlich davor und wissen nicht wohin."

Abraham geht und kommt mit den Satteltaschen und den Gewehren wieder zurück.

Jetzt hört man das Zusammenbrechen der Kellertür und das Aufschlagen von Dingen auf der Kellertreppe.

Ann flüchtet sich wieder eng an Ben. Er sagt zärtlich zu ihr: „Mach dir keine Sorgen, das Feuer kann nicht bis hierher."

„Die Treppe ist verschüttet und das Freiräumen ist zu gefährlich und mühsam." stellt Abraham nüchtern fest: „Aber es gibt einen Weg nach draußen. Ich kann mich in den Schacht legen und Ben über mir halten, dann kann Miss Ann an uns hochklettern und den Riegel lösen."

Ben lächelt ernst: „Gut, Abraham genauso machen wir es!"

Abraham legt sich in den Schacht zur Rutsche und über ihm liegt in der Schräge Ben und über ihm hält er Ann fest.

Diese öffnet von innen die Eisenklappen. Sie knotet ein Seil oben fest und Ben kann sich herausziehen. Er lässt das Seil wieder runter und die Satteltasche und die Gewehre werden an das Seil gehängt und er zieht es dann nach oben.

Er schlägt die Eisenplatte wieder zu und sieht sich um. Es ist sehr heiß hier oben, und lebensgefährlich. Inzwischen ist das Eis getaut und überall dampf der Boden. Teilweise ist er noch Matsch und teilweise ist er schon getrocknet. Ben muss um das brennende Hotel herum und er holt einmal tief Luft und presst sich ein Tuch vor die Nase. Er springt teilweise durch brennende Teile und erreicht die Rückseite des Hotels. Hier stehen die beiden Pferde. Sein Pferd und die ein Pferd von Ann für den Einspänner.

Ben geht zu seinem Pferd: „Hoh, ruhig mein Brauner, ruhig. Ja, so ist es gut."

Das Pferd wird schlagartig ruhiger und lässt sich den Sattel auflegen. Ben führt sein Pferd aus der Gefahrenzone. Er geht zum Waldrand. Hier beginnt der Wald noch nicht zu brennen. Der Sturm hat das Feuer in die entgegengesetzte Richtung, ja in die Stadt getragen. Das zweite Pferd folgt ihm wie ein Hund.

Ben sitzt auf und reitet im großen Bogen langsam um die Stadt in Richtung Cabots Burg. Er muss wieder vorsichtig reiten, denn hier im Wald liegt wieder Eis.

Der Scout kommt zurück zur Kavallerie. Obwohl es dunkel ist grüßt er und schreit: „Mein Bericht, Sir."

Major Don Collier grüßt zurück, nickt und ruft: „Berichten Sie Soldat."

Der Scout drängt sein Pferd näher an das Pferd des Majors.

„Ja, Sir. Vor uns habe ich Rauch wahrgenommen. Ich rate zur Vorsicht. Entweder Jäger, oder Indianer. Ich reite jetzt wieder vor und erkunde weiter."

„Ja, machen sie das, Soldat."

Der Scout wendet sein Pferd und verschwindet wieder im Halbdunkel der Nacht mit den weißen Flächen aus Eis. Der Leutnant kommt zum Major geritten. Der Major winkt ihn zu sich heran.

„Die Truppe kampfbereit halten. Der Scout hat Rauch vor uns gemeldet."

Der Leutnant grüßt und wendet sein Pferd. Er reitet entgegengesetzt an den Reitern vorbei und schließt dann von hinten wieder auf. Er informiert den Sergeant. Dieser reitet von Soldat zu Soldat und gibt den Befehl weiter.

Die überlebenden Männer strömen wieder aus dem Haus um Ihren Familien oder den befreundeten Familien mitzuteilen, dass das Haus sauber sei und erst die Toten aus dem Haus gebracht werden sollen. Der Bürgermeister beginnt schon mit dem Arzt des Dorfes die Unterbringung der Verwundeten zu organisieren.

Wieder passiert etwas Unerwartetes. Eine Riesenexplosion reißt ein Teil des Hauses weg. Steine werden wie Kanonenkugeln zur Seite geschossen. Der Fußboden von

Cabots Büro sackt an einer Seite weg und der geöffnete Safe fällt den Menschen vor die Füße. Es regnet Geldscheine und die Menschen beginnen nach dem ersten Schreck damit das Geld aufzusammeln. Sie beginnen wieder miteinander zu streiten und sich zu schlagen. Die von der Explosion verwundeten liegen und stöhnen oder schreien. Aber außer dem Arzt, der verzweifelt versucht die Menschen zur Vernunft zu bringen kümmert sich niemand um die Verwundeten. Der Arzt wird zur Seite gestoßen und ignoriert.

Das Waffenlager von Cabot ist explodiert. Die Fackel die in die dritte Tür geworfen wurde um den Raum zu erhellen, hat inzwischen die Munition entzündet und das Haus gesprengt. Jetzt herrscht nur noch ein Hauen und Stechen, die Situation macht die Menschen verrückt und der Wahnsinn tobt. Währenddessen bricht die Stadt immer mehr zusammen. Das Feuer frisst sich durch die Häuser. Es knistert und knallt hin und wieder. Dächer brechen zusammen. Funken stieben nach allen Seiten.

Die Feuerfackel steht hell gegen den Himmel. Der Sturm hat inzwischen nachgelassen, als wollte er sagen, nun wäre er nicht mehr nötig um das Feuer anzuheizen. Der Wind wird nun immer ruhiger und es beginnt langsam zu schneien.

Ben reitet vorsichtig weiter und hört den furchtbaren Knall.

Das muss aus Cabots Burg kommen, denkt er. Also bin ich noch in der richtigen Richtung. Cabot wird bestimmt zum Fluss geritten sein, das ist der einfachste Weg und wenn es schneit und der Schnee die Landmarken verändert und alles unkenntlich macht, dann ist der Fluss das einzige Kennzeichen, dem man noch folgen kann."

Ben riecht schon den Schnee. Die ersten Flocken schweben leicht und kalt zu Boden. Es ist kalter trockener Schnee. Dieser Schnee wird Schneewehen formen und nichts wird mehr so sein wie vorher. Keine Kontur, keine Landmarke, nichts! Alles wird sich in der Form verändern. Es wird eine fremde Welt werden, eine unbekannte Welt! Aber, es ist auch eine Chance. Wenn es ihm gelingt die Spuren von Cabot zu finden, braucht er ihnen nur zu folgen. Dann kann er ihm nicht entkommen. Es sind zwei Meilen bis zum Fluss. Aber erst muss er durch den Wald. Verdammt die Hunde, die hätte er fast vergessen. Wenn sie nicht in ihren Zwingern umgekommen sind und draußen sind, dann werden sie ihn bald aufgebracht haben.

Ben nimmt das Gewehr aus dem Scabbard und lenkt sein Pferd an einen Baum. Er steigt in den Sattel und vom Sattel in den Baum. Bald werden die Biester kommen. Er horcht in sich hinein und fühlt sie kommen.

Leise rennen sie durch den Wald auf ihn zu. Sie bellen nicht, sie kommen wie eine schweigende tötende Kugel heran gesaust. Ben zielt und schießt ruhig bis auch der letzte Hund gefallen ist. Diese Tiere werden niemanden mehr verletzten oder töten. Der Weg durch den Wald ist nun für jeden frei. Es wird nicht lange dauern und die Wölfe werden die Hunde gefressen haben. Jetzt kann er sich auf den Weg konzentrieren. Der Schnee auf dem Eis wird zuerst das Reiten sehr erschweren und wenn der Schnee hoch genug ist und verweht ist, wird es schwer den Weg zu erkennen. Inzwischen ist es früher Morgen. Es wird vier Uhr oder vieruhrdreißig sein. Wenn er erst eine Spur hat…

Major Don Collier kommt immer näher an Hope heran. Ein heller Lichtschein am Himmel zeigt ihm den Weg. Der Scoutsoldat hat ihm bereits berichtet, dass die Stadt brennt.

Es ist später, sehr viel später geworden, als er gehofft hatte.

Als er in Hope mit seinen Soldaten und dem Planwagen einreitet findet er einhundertzwanzig Überlebende vor der zerstörten Steinburg von Cabot. Die meisten sind Frauen und Kinder.

Hinter dem Haus brennt der Stall und die Menschen sind schwarz vom Rauch und dem Feuer. Die Stadt brennt noch und es ist warm. Wie er so zu den Leuten kommt, sieht er nur eine große Menge weinender und zitternder und zerlumpter Menschen vor. Einhundert zwanzig Menschen sind von einer ganzen Stadt übergeblieben. Es graut ihm. Er fragt nach dem Arzt und mit diesem beginnt er sofort mit den Erstehilfemaßnahmen und kümmert sich um Kinder und Frauen. Der Planwagen wird zum Sanitätszelt und zur Schlafunterkunft für viele Menschen. Auch die Burg wird belegt, soweit die Räume noch nutzbar sind und man versucht zu helfen wo man kann.

Am Morgen wird der Schnee immer dichter und die noch brennenden oder schwelenden Feuer werden langsam gelöscht. Auf die schwarze verkohlte Stadt wird ein weißer Mantel des Friedens und des Schweigens gelegt. Viele Menschen haben ihre Heimat und ihr Leben verloren. Aber die, die überlebten, haben auch erlebt wie es ist, wenn man sich nicht rechtzeitig gegen die Despoten zur Wehr setzt. Es wird sich in sie einbrennen und ihr weiteres Leben bestimmen.

Am Mittag kommen Abraham und Ann aus dem Keller den sie mit der Hilfe des Seils verlassen haben. Abraham zog Ann mit dem Seil aus dem Keller. Beide schnuppern die frische Luft und sehen, dass der Schnee schon fast alles zugedeckt hat, bis auf vereinzelte Stellen von denen immer noch Rauch aufsteigt

Über Schutt und Asche und Ruinen hinweg können sie die Burg von Cabot sehen und die Soldaten mit dem Planwagen.

Langsam gehen sie zu den Soldaten und melden sich bei Major Don Collier. Sie erzählen ihm die ganze Geschichte und bieten ihm an, die Menschen mit den Lebensmitteln aus dem Keller des Hotels zu versorgen, bis sie Hilfe aus der Hauptstadt erhalten. Außerdem verfügt der Major, dass Emilio Fernandez unter Bewachung bis zur Abreise im Keller gefangen bleibt.

Die beiden Brüder Bruce Cabot und Frank McGrath reiten inzwischen am Fluss. Sie haben den Knall gehört den die Explosion des Waffenlagers hervorgerufen hat. Nun sind sie sicher, dass sie das richtige tun und ihren Standort verlegen.

Sie müssen auf die nördliche Seite des Flusses. Bald kommt der Buffalo Fork, der in den Snake River fließt und dort kommen sie nicht weiter und sie säßen zwischen zwei Flüssen fest. Zwar führt der Snake-River nur Niedrigwasser und auch die Ränder des Flusses sind dick zugefroren, aber ob das Eis in der Mitte des Flusses dick genug ist um sie zu tragen, ist unklar und ein Risiko. Selbst wenn sie einbrechen, ist der Fluss in der Mitte höchstens ein Yard tief, aber bei dieser Kälte ist ein Einbrechen in das Wasser tödlich für das Pferd und den Reiter. Zwar ist Cabot sehr erfahren, denn er lebt hier schon Jahre, aber der Fluss ändert ständig sein Flussbett und wo gestern noch eine Furt war, da kann es heute sehr tief sein. Cabot sitzt ab und geht an der Stelle des Flusses auf das Eis, an der er weiß, dass der Grund des Flusses felsig ist, hier ist er sicher, dass es zwar inzwischen flacher geworden sein kann, aber nicht tiefer, das verhindert der felsige Grund. Aber da wo es flacher ist strömt das Wasser schneller und die Rinne des Wassers ist enger, daher kann das Eis dort sehr dünn sein. Der Schnee liegt schon auf dem Eis und verhindert jede eventuelle geringste Sicht in das Eis.

Aber Cabot ist es gewohnt Risiken einzugehen. Lieber will er flach einbrechen, als tief. Er führt sein Pferd am Zügel. Vielleicht ist er als Reiter zu schwer, also geht er nebenher. McGrath steht am Ufer und wartet. Cabot geht schnellen Schrittes über den Fluss. Wie er vermutet hat, hält das Eis und er winkt auf der anderen Seite seinem Bruder ihm zu folgen. Dieser sitzt auch ab und führt ebenso das Pferd an seiner Seite über das Eis. Auch er kommt ohne Probleme hinüber. McGrath ist zehn Jahre älter als sein Bruder und der Ritt nach Hope war ihm schon sehr beschwerlich. Wegzureiten, ohne zu wissen was mit Ben Wynn geschehen ist, ärgert ihn. Er ist nicht mehr so unbeschwert in diesen Dingen wie sein Bruder, der mal eben sein Quartier wechselt. Egal was für ein Wetter. Er ist es gewohnt Erfolge zu sehen. Dies kann er überhaupt nicht als Erfolg ansehen.

„Bruce, Es gefällt mir nicht, was wir machen, wo willst du eigentlich hin. Hast du ein Ziel hier in der Nähe. Was ist mit Wynn?"

„Was soll mit Wynn sein, Frank? Wynn kennt nur mich und meine Leute. Nun ist die Stadt abgebrannt, das ist alles. Vielleicht wird er weiter nach mir suchen. Aber von dir hat er keine Ahnung. Wir reiten jetzt nach Jerome. Dieser Ort ist sehr viel näher als Burley und von dort aus kannst du bequem mit einer Postkutsche nach Boise fahren und die Papiere mitnehmen. Sollte Emilio nicht überlebt haben, werden wir einen anderen für den Posten des Bankdirektors finden. Sollte er überlebt haben. Nun, er ist nie an die Öffentlichkeit getreten und hat keine unserer Unternehmungen angeführt. Er war immer nur der Buchhalter und hatte somit kaum Kontakt mit den Bürgern von Hope. Er ist so sauber wie der neue Schnee! Alles ist vollständig sauber organisiert. Ich arbeite professionell und nicht wahnsinnig wie Wynn's Bruder Morgan."

„Auch ich arbeite, wie du weißt, seit vielen Jahren professionell und ich kenne Ben Wynn. Er ist wie ein Terrier, wenn der sich in was verbissen hat, dann zieht er es auch durch. Ich bin mir erstens sicher, dass er noch lebt und zweitens, dass er uns verfolgen wird, wenn sich herausstellt, dass du nicht mehr in deinem Haus bist! Aber, dass wir jetzt nach Jerome reiten ist gut. Dort könntest du dann Ben abfangen lassen!"

„Ja, wir werden uns dort teilen!"

„Woher kennst du Ben Wynn eigentlich so gut, du sagtest du hast ihn aus Texas kommen lassen?"

„Ich habe sein Akte gelesen! Glaube mir, das reicht, er ist uns ebenbürtig. Diesen Mann darf man nicht unterschätzen, das wäre ein Kardinalfehler! Aber es wird hell, lass uns rasten und heißen Kaffee trinken."

Ben kommt auch an den Fluss. Auch ihm ist die Gefahr des Eises bewusst, aber er kennt den Fluss nicht so gut wie sein Widersacher Bruce Cabot. Aber er erinnert sich gut an den Übergang, den er schon zweimal genommen hat und an dem er problemlos den Fluss queren konnte. Er reitet also weiter bis er zu der Stelle kommt, die er kennt. Vorsichtig reitet er ans Ufer. Er hält an und steigt ab. Sollte das Eis brechen, dann kann er dem Pferd nicht die Sporen geben, denn dann würde es ausrutschen, das wäre das Ende. Also geht auch er mit dem Pferd am langen Zügel voran. Er ist leichter als das Pferd, also geht er vor und hat das Pferd an der langen Leine. Sollte es einbrechen, kann er noch flüchten, nur nach vorne. Aber das ist gut so.

Nach einigen Minuten hat er es geschafft. Er sitzt wieder auf und reitet an.

Er überlegt: Was würden die beiden Brüder tun? Wo würde er jetzt hinreiten. Was ist hier in der Nähe. Er weiß, Jerome liegt hier in der Nähe, so ziemlich Richtung Norden. Er wird nach Jerome reiten. Er kann sich einfach nicht vorstellen, dass die beiden nach Boise reiten, es ist einfach zu weit. Es ist fast die Richtung aus der er damals zum ersten Mal hier her kam. Er kommt zu einem Entschluss und er zieht sein Pferd herum und reitet Richtung Norden.

Hier liegt der Schnee schon dichter und er gibt dem Pferd die Zügel frei und lässt es ein bisschen traben, gerade so viel, dass dem Pferd warm wird, es aber nicht anfängt zu schwitzen. Nach ein paar Minuten lässt er es wieder in den Schritt fallen und reitet langsam weiter. Die Zeit vergeht langsam beim Reiten und dehnt sich.

Wieder sieht er sich als Kind, sein Bruder hat ihm sein Geld gestohlen, dass er sich mit Laufdiensten verdient hat. Seine Mutter will ihm nicht glauben, denn Morgen hat zwei Freunde mitgebracht, die bezeugen, dass das Geld ihnen gehört. Seine Mutter beginnt ihm Vorwürfe zu machen. Er solle sich schämen, seinen Bruder zu beschuldigen. Sie versteht nicht, dass er das immer wieder tut. Was will er denn damit erreichen. Wie will er in der Welt einmal zurecht kommen, wenn er immer andere Menschen beschuldigt für Dinge, die sie nicht getan haben? Was soll denn nun aus ihm werden.

Plötzlich fällt er wieder die Felswand hinunter, aber es tut garnicht weh. Er fühlt an seinem Kopf, aber er kann keine Narbe fühlen.

Plötzlich rennt er über die Prärie. Er wird vom Sheriff verfolgt, er wird mit dem Lasso eingefangen und stürzt zu Boden. Warum tut man ihm das an, er hat doch niemanden umgebracht und auch niemanden beraubt. Er weint, nun sieht er seinen Bruder. Er lacht ihn aus und schlägt ihn mit einem Besen auf den Arm. Er schreit auf!

Das Pferd ist gestolpert, Ben ist aus dem Sattel gefallen. Er reißt sich hoch und setzt sich hin. Verdammt, das war ein Warnzeichen. Schnell macht er ein paar Kniebeugen und schlägt mit den Armen um sich. Wenn er einschläft und träumt, dann ist es nicht mehr weit bis er erfriert. Er reckt sich und steigt wieder auf sein Pferd, das stehen geblieben ist.

Er bewegt unter der langen Felljacke seine Beine und Füße. Er braucht unbedingt etwas Warmes zu trinken und er muss sich bewegen. Also ist es wichtig eine Pause zu machen, aber nicht hier auf der freien Prärie. Er muss irgendwo an einen Wald. Es schneit jetzt ganz feinen Schnee. Er reitet darum etwas schneller, er braucht nun ganz schnell etwas Warmes in den Bauch. Bald hat er die Ebene überquert und reitet auf ein, durch die rieselnde Schneewand nur als Schemen zu erkennendes, Waldstück zu, das sich über den ganzen Horizont erstreckt. Er sitzt mehr auf dem Sattel als er in den Steigbügeln steht, weil er sich eine Zigarette dreht und den Tabaksbeutel und die Fellhandschuhe unter seinen Oberschenkel klemmt bis er die Zigarette gedreht hat. Seine Finger gehorchen ihm noch, das ist ein gutes Zeichen. Er steckt sich die Zigarette in den Mund und will sich ein Streichholz an seinem Holster anreiben, als sein Blick auf den Boden fällt. Sofort stoppt er. Er kann gerade noch den Beutel festhalten, die Handschuhe und das Streichholz fallen ihm auf den Boden.

Er steigt vom Pferd und blickt in den Schnee. Hier ist ein Hufabdruck und zwar ein ganz besonderer Abdruck. Das ist sein Pferd, den Appaloosa den ihm Cabot damals abgenommen hat, als Pfand dafür das er mit den Diamanten wiederkommt. Dieser Hufabdruck hat sich auf einer weichen Stelle eingedrückt und ist vom Schnee freigeblieben, da der feine Schnee über den eingepressten Abdruck hinwegfegt. Andere Hufspuren kann er nicht erkennen. Sie sind zugeweht. Der Abdruck zeigt, dass der Reiter von rechts kam. Er ist ihnen auf der Spur. Am Waldrand wird er suchen müssen, aber dort ist die Wahrscheinlichkeit größer weitere Abdrücke zu finden. Er zündet sich die Zigarette an und nimmt einen tiefen Zug. Das war Glück. Auch das hätte er übersehen, wenn er eingeschlafen wäre.

Er sitzt wieder auf und reitet jetzt hellwach weiter dem Wald entgegen. Er freut sich schon, denn im Wald ist es noch windstiller und der Schnee fegt nicht so ins Gesicht. Die Anspannung steigt bei ihm an. Er wird die beiden Verbrecher stellen müssen, denn er hofft bei Ihnen Beweismaterial zu finden, nur so kann er sie überführen. Aber er wird sich vorbereiten müssen. Er braucht unbedingt warme Hände für eine Schießerei oder ein Duell.

Auch der Revolver ist ein einziger Eisklotz und sein linkes Bein ist, bei solchem Wetter, sogar in der Nacht noch kalt vom Revolver. Trotz langer Felljacke. Er wird, wenn er die Spur gefunden hat und ungefähr weiß wie alt sie ist, erst einmal rasten und sich aufwärmen. Vor allem sein Körper braucht jetzt unbedingt etwas Warmes zu trinken. Auch den Revolver wird er erwärmen. In der Zwischenzeit wird er den zweiten Revolver aus den Satteltaschen tragen.

Die Ankunft am Waldesrand schärft seine Sinne. Mit konzentrierten Blicken reitet er langsam am Waldrand lang, immer mit dem Blick am Boden.

Da! Das sind die Spuren, jetzt kann er auch noch Spuren eines zweiten Pferdes ausmachen.

„Okay", sagt er laut zu sich: „Rasten und Aufwärmen".

Er nimmt seinen zweiten Colt aus der Satteltasche und steckt ihn in seinen Holster. Aus dem anderen Revolver entlädt er eine Patrone und lässt den Hammer in der leeren Kammer stecken. Daraufhin steckt er ihn in die Innentasche seiner Felljacke. Verdammt ist das Biest kalt. Jetzt wird es aber Zeit, dass er Feuer macht und etwas Heißes zu trinken bekommt. Seinem Pferd löst er ein wenig den Bauchgurt und er bindet ein wenig die Vorderhufe zusammen und lässt es im Schnee kratzen und sich so noch etwas zu fressen suchen. Auf diese Weise kann das Pferd nicht fortlaufen. In dieser Wildnis bei diesem Wetter ist man völlig ohne Pferd verloren. Auf einmal fällt ihm auf, dass das zweite Pferd fehlt. Als er einnickte, ist es irgendwie abhanden gekommen. Das ist jetzt unwichtig.

Er sieht sich noch einmal die Abdrücke an und überlegt: Wahrscheinlich nicht älter als zwanzig Minuten. Wenn sie nun hier in der Nähe rasten und er macht Feuer, dann wäre er leicht zu entdecken am Geruch des Rauches. Aber sie würden auch Feuer machen, also los.

Er braucht was Heißes! Das muss er sich immer wieder sagen, bis er es gemacht hat. Das ist wichtig und hält ihn davon ab, wieder in Grübelei zu versinken! Schnell ist trockenes Holz gefunden und das Feuer brennt. Sauberer Schnee wird schnell zu Wasser über dem Feuer und der Kaffee ist auch schnell gemacht. Vorsichtig schüttet er sich Kaffee in den Becher. Die Hände müssen sich erst an die Hitze gewöhnen. Auch der Bauch freut sich über die Wärme. Langsam merkt er, dass er wieder ein besseres Gefühl bekommt. Sein Bauch ist warm und gibt die Wärme an den gesamten Körper ab.

Nun, da auch die Hände warm sind, holt er noch einmal den Colt aus der Jacke und entlädt ihn völlig, dann nimmt er einen dicken Stock und hält den Revolver etwas über das Feuer. Der Colt wird sofort wärmer. Er prüft mit den Fingern, ja er ist warm genug. Der Revolver wird wieder mit fünf Patronen geladen und zurück in die Innentasche gesteckt. Sehr schön warm ist es nun.

Ben zieht den Bauchgurt bei seinem Pferd an, nimmt die Fußfesseln an den Vorderhufen ab, sitzt wieder auf und reitet langsam los, die Spur im Auge. Das Feuer lässt er brennen.

Er ist ungefähr eine halbe Meile in den Wald geritten, da kommt der Anruf: „Halt Wynn, kein Schritt weiter. Absteigen! Wir werden es hier und jetzt austragen!"

Ben erblickt vor sich die beiden Brüder. Sie stehen mitten im Weg und sind zum Schießen bereit.

Ben zügelt sein Pferd und steigt hinter seinem Pferd ab, dabei tauscht er die Revolver aus. Es geht glatt und es sieht so aus als wenn er die Sicherungsschlaufe von seinem Revolver löst.

Jetzt ist er innerlich eiskalt. Es gibt nur noch eins: Gewinnen heißt überleben! So oder so.

Er geht um das Pferd und steht den beiden gegenüber. Er schlägt dem Pferd auf die Hinterhand und das Pferd geht einige Schritte weiter aus der Schusslinie. Ben zieht die Handschuhe aus und ist bereit. Es muss jetzt schnell gehen, sonst sind die Hände wieder kalt und von der Waffe nicht zu reden.

„Beim nächsten Schnauben eines der Pferde!" sagt Ben und steht fest auf den Füßen.

Ein Pferd schnaubt. Genau in diesem Moment trifft Bruce Cabot ein Pfeil direkt in die Brust, dieser zieht sofort und kann noch zweimal schießen.

Aber auch Ben und McGrath haben gezogen und schießen. Ben zieht glatt und schnell, der Hammer schlägt auf die Patrone und dann sieht er erst den Blitz bei McGrath. Wieder schießt Ben gleich mit Cabot. Dann fällt Cabot. Auch McGrath fällt und schießt noch einmal in den Boden vor sich.

Ben tritt zur Seite und blickt sich um. Auch der Indianerkrieger liegt getroffen auf dem Boden. Diesen Mann hat Ben schon einmal gesehen, wie dieser nachts mehrere Banditen mit dem Messer getötet hat. Der Krieger mit dem dressierten Vogel. Unglaublich, dieser Krieger hat ihm, Ben, wahrscheinlich das Leben gerettet, denn Cabot war so schnell wie er, aber er hat auf den Krieger gezielt und nicht auf ihn.

Wieder hat er die traurige Pflicht die Toten zum nächsten Townmarschall zu bringen. Aber Jerome ist nicht mehr weit und sein Lagerfeuer brennt noch. Nun wird er erst einmal richtig Rasten können. Er wird etwas essen können. Mit den Decken von den McGrath Brüdern kann er sogar hier in der Wildnis schlafen.

Emilio Fernandez konnte man nur Nötigung und Bedrohung nachweisen. Er kam mit einer Geldstrafe davon und wurde nach kurzer Zeit Bankdirektor in einer neuen Bank in Boise.

Ben übernahm den Posten von McGrath. Obwohl er alles daran setzte um Fernandez andere Straftaten nachzuweisen, um ihm die Bank wieder zu entziehen, war Fernandez nichts nachzuweisen. Alles war vernichtet in Hope und in der steinernen Burg. Die Papiere die er bei Cabot fand sagten nichts darüber aus wie Verbrechen verübt wurden, sondern nur wer Geschäfte getätigt hat.

Abraham Moses ging mit Ann McCrea in die Hauptstadt und konnte seinen Beruf als Schmied ausüben durch die Vermittlung von Ben Wynn.

Major Don Collier ermittelte, dass die Diamanten tatsächlich von Morgan Wynn gekauft wurden und damit an Ben vererbt werden konnten.

Ben & Ann heirateten und durch das Vermögen von Ben konnte sich Ann ein anderes Hotel in der Hauptstadt Boise erwerben. Natürlich war es immer voll besetzt durch die Hilfe ihres Mannes.

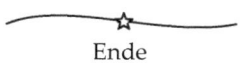

Ende

Lesen Sie auch den spannenden Western von Holger H. Haack, Er heißt:

Duell im Eismond

Wellington ist ein ruhiger Ort. Mutige und fleißige Menschen. Der alte Sheriff will möglichst bald den Posten an seinen jungen Deputy abgeben. Doch dann reißt die Hölle auf und der alte Sheriff muss noch einmal zeigen was in ihm steckt. Nicht nur, dass er einen Gunmen jagen muss. Es gilt auch noch einen Mordfall aufzuklären.

Bei BoD: ISBN: 978-3-7526-0523-5

Der Mysteriöse Tote vom Bau
Ein Fall für Lerch und van Krall

Lesen Sie auch den **Kriminalroman** von Holger H. Haack.

Es wird ein Toter von einer Baustelle gemeldet. Zuerst nehmen die Kommissare an, dass es ein Unfall ist. Als aber bei dem Toten sein altes vermisstes Handy gefunden wird, gehen die Kommissare von Fremdverschulden aus. Der Tote war Gesamtbetriebsratsvorsitzender und hat seinen Chef unter Druck gesetzt. Beinahe wäre es zu einem Konkurs gekommen.

Der Fall ist kompliziert und viele scheinen ein Motiv zu haben. Durch eine unglückliche Wendung kommen die Kommissare endlich auf die Spur des brutalen Mörders und geraten selber in die Schusslinie.

Bei BoD: ISBN: 978-3-7504-6088-1